?! なぞ解きサバイバル シリーズ

サバイバル＋《プラス》文《ぶん》章《しょう》読《どっ》解《かい》 推《すい》理《り》ドリル

海《うみ》の生《い》き物《もの》編《へん》

朝日新聞出版

サバイバル＋《プラス》文章読解《ぶんしょうどっかい》推理《すいり》ドリル
海《うみ》の生《い》き物編《ものへん》

目次《もくじ》

1 干潟《ひがた》のハイジャンパー …… 8

2 カニの起死回生《きしかいせい》の技《わざ》 …… 14

3 砂団子《すなだんご》のなぞ …… 20

4 おそろしいハンター …… 26

5 どろ水《みず》がふき上《あ》がる穴《あな》 …… 32

6 ジオを刺《さ》したのは何《なに》？ …… 38

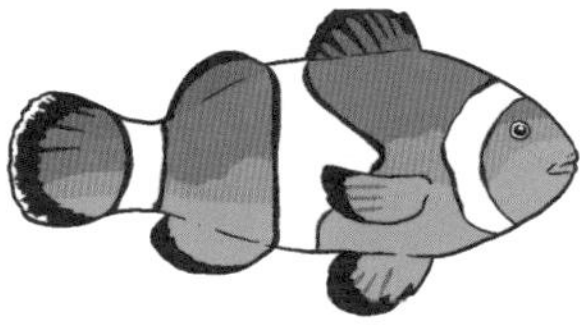

7 水族館《すいぞくかん》の七《なな》不思議《ふしぎ》……44

8 カクレクマノミのひみつ……50

9 本物《ほんもの》のウミガメ博士《はかせ》を探《さが》せ！……56

10 生《い》き返《かえ》ったオオグソクムシ!?……62

11 サメの水《すい》そうで大《だい》パニック！……68

12 どろぼうを退治《たいじ》したヒーロー……74

おうちの方へ

新学習指導要領対応

新学習指導要領への対応として、「全体読み→部分読み」の読解プロセスを取り入れた問題構成になっています。場面や段落ごとに区切って読み始める従来の方法とは異なり、まずは長文を通読し要点をつかむ「全体読み」で、問題になっていることや解決すべきことを把握。その上で、複数の手がかりを文中から見つけ、事件とのつながりを整理する「部分読み」を行い、推理の答えを導き出します。この２段階読みを訓練することで、思考力や論理力が高まり、確かな「読解力」が身につきます。

- 本書は、「科学漫画サバイバル」シリーズ（朝日新聞出版）のドリル版です。同じ登場人物や世界観で構成していますので、楽しく問題に取り組めます。
- 小学校で習う漢字と一部常用漢字を使用し、読みがなをつけています。解答には、小学４年生までに習う漢字を使用しています。
- 科学知識に基づいて推理をするため、読解力と同時に、理科に関する知識や興味が養われます。関心を持ったテーマは、さらに調べて、学習することが大切です。
- 本書では、できるだけ海の生き物の生態や自然の仕組みにそった出題をしていますが、問題として取り組みやすくするために、誇張した設定や展開などが一部含まれていることをご了承ください。

\これが/サバイバル流《りゅう》
全《ぜん》体《たい》→部《ぶ》分《ぶん》読《よ》みのテクニックだ！

テクニック①

まずは、文章全体《ぶんしょうぜんたい》を通《とお》して読《よ》もう！

全体《ぜんたい》のつながりを頭《あたま》に入《い》れて
文章《ぶんしょう》を丸《まる》ごととらえよう。

推理問題《すいりもんだい》

サバイバル推理
1 干潟《ひがた》のハイジャンパー

「あれ、海にもどれず取り残された魚かしら？」

サラが、潮が引いた干潟でとびはねている生き物を見つけて言った。サラは干潟の勉強をしながら、そこにくらす生き物の保護について考える干潟体験団のリーダーだ。

「取り残された!? それなら、サバイバルキングのボクの出番だ！」

ジオはとびはねている生き物に向かって走り出した。ところが……。

「あれ？」

その生き物は、ジオがかけよると、ピョンと勢いよくとび上がった。あわてて近づくと、またピョン。ジオは、とびこんでつかまえようとしたけれど、干潟のどろにひざをついてしまった。

「あいつ、ムツゴロウに遊ばれてるなぁ。」

笑いながらサラに声をかけてきたのは、近所でムツゴロウ漁師をやっている海鮮だった。

「相手は『干潟のハイジャンパー』と呼ばれている、ジャンプが得意なムツゴロウだぞ。つかまえられるわけないさ。」


◀ジャンプしてにげる生き物。
▶干潟体験団で活躍するサラ。

「そうか、ムツゴロウね。でも、なんでジャンプするの？」

サラがたずねた。

「ほら、クジャクのオスはきれいな羽を持っていて、広げて見せびらかすだろう。鳥はたいていオスが目立つ体で羽を広げたりダンスをしたりして、メスに結婚のためのアピールをするのさ。ムツゴロウがジャンプする目的も、鳥と同じなんだ。」

「目的が同じって、どういうこと？」

よくわからず、サラが海鮮に聞いた。

「結婚のためのアピール、つまり目立ちたいのさ。危険からのがれたり、なわばりをしめしたりするときにも、ジャンプするけどね。」

海鮮はそう言い残して、ムツゴロウつりに行ってしまった。

「知り合いなの？」

ジオがもどってきてサラに聞いた。結局、手足をどろだらけにしただけで、ムツゴロウをつかまえることはできなかったようだ。

「漁師の海鮮よ。ムツゴロウをつりに行くんだって。あっちでもこっちでも、ムツゴロウがとび上がっているわね。」

「あっ、いたな！ どこまでジャンプするのか見せてもらおう。」

ジオはそう言って、またムツゴロウに近づいた。


◀ムツゴロウに近づくジオ。
▶ムツゴロウ漁師の海鮮。

?! 文章全体《ぶんしょうぜんたい》を読《よ》んでまとめよう

❶ どんな事件が起きたのか、□をうめて、まとめましょう。
ジオとサラが、㋐どこで？［　］で、とび上がる㋑なにを？［　］を見つけた。

ジオがつかまえようとしている間に、ムツゴロウ漁師の㋒だれが？［　］が来て、サラにムツゴロウについて説明をした。

そのあと、ジオとサラは、㋓なにを？［　］をしないムツゴロウを見た。㋔だれ？［　］は、ムツゴロウにはとび上がるものと、とび上がらないものがいる理由がわかったようだ。いったいなぜだろう。

❷ 海鮮はムツゴロウについて、どんなことを話しましたか。あてはまるものすべてに○をつけましょう。
㋐ とび上がるために、ヒレが進化した羽を持っている。
㋑ ジャンプが得意な干潟のハイジャンパーと呼ばれている。
㋒ ジャンプして、小さな虫をつかまえて食べている。
㋓ なわばりをしめしたりするときにもジャンプする。

❸ 海鮮が言う、鳥とムツゴロウに共通することとは何ですか。あてはまるものすべてに○をつけましょう。
㋐ 結婚のためにアピールをするということ。
㋑ 羽を広げたり、ダンスをしたりするということ。
㋒ 目立ちたがるということ。
㋓ すぐにけんかをするということ。

9

テクニック②

文章全体《ぶんしょうぜんたい》をまとめる問題《もんだい》に挑戦《ちょうせん》！


どんな事件《じけん》が起《お》きて、何《なに》を推理《すいり》するのか。

ジオと一緒《いっしょ》にまとめよう。

ジオ▶

事件《じけん》を解《と》く、重要《じゅうよう》な手《て》がかりになる問題《もんだい》だよ。

テクニック⑤

解答《かいとう》と解説《かいせつ》をチェック！

正《ただ》しく読《よ》み取《と》れたかどうか確認《かくにん》しよう。まちがえた所《ところ》は、特《とく》に解説《かいせつ》も読《よ》んでおくのが大切《たいせつ》！

答《こた》え方《かた》で気《き》をつけた方《ほう》がいいポイントだよ。

全《ぜん》体《たい》→部《ぶ》分《ぶん》読《よ》みとは？

全体読《ぜんたいよ》み
何《なに》が起《お》きたのか、何《なに》が問題《もんだい》なのか。文章全体《ぶんしょうぜんたい》を読《よ》んでとらえよう！

↓

部分読《ぶぶんよ》み
解決《かいけつ》する手《て》がかりはないか。全体読《ぜんたいよ》みでわかったことを意識《いしき》して、部分《ぶぶん》ごとに細《こま》かく読《よ》もう！

↓

ズバリ解決《かいけつ》！

手《て》がかりのつながりを整理《せいり》すると、答《こた》えが見《み》えてくる！

▲サラ

まずは、全体《ぜんたい》を読《よ》んで内容《ないよう》をつかんで、次《つぎ》に、問題《もんだい》を解《と》きながら細《こま》かい所《ところ》まで読《よ》み取《と》るから、理解《りかい》が深《ふか》まるのよ！

わからない所《ところ》があっても、4ページ分《ぶん》の文章《ぶんしょう》を続《つづ》けて読《よ》もう！

▶海鮮《うみき》

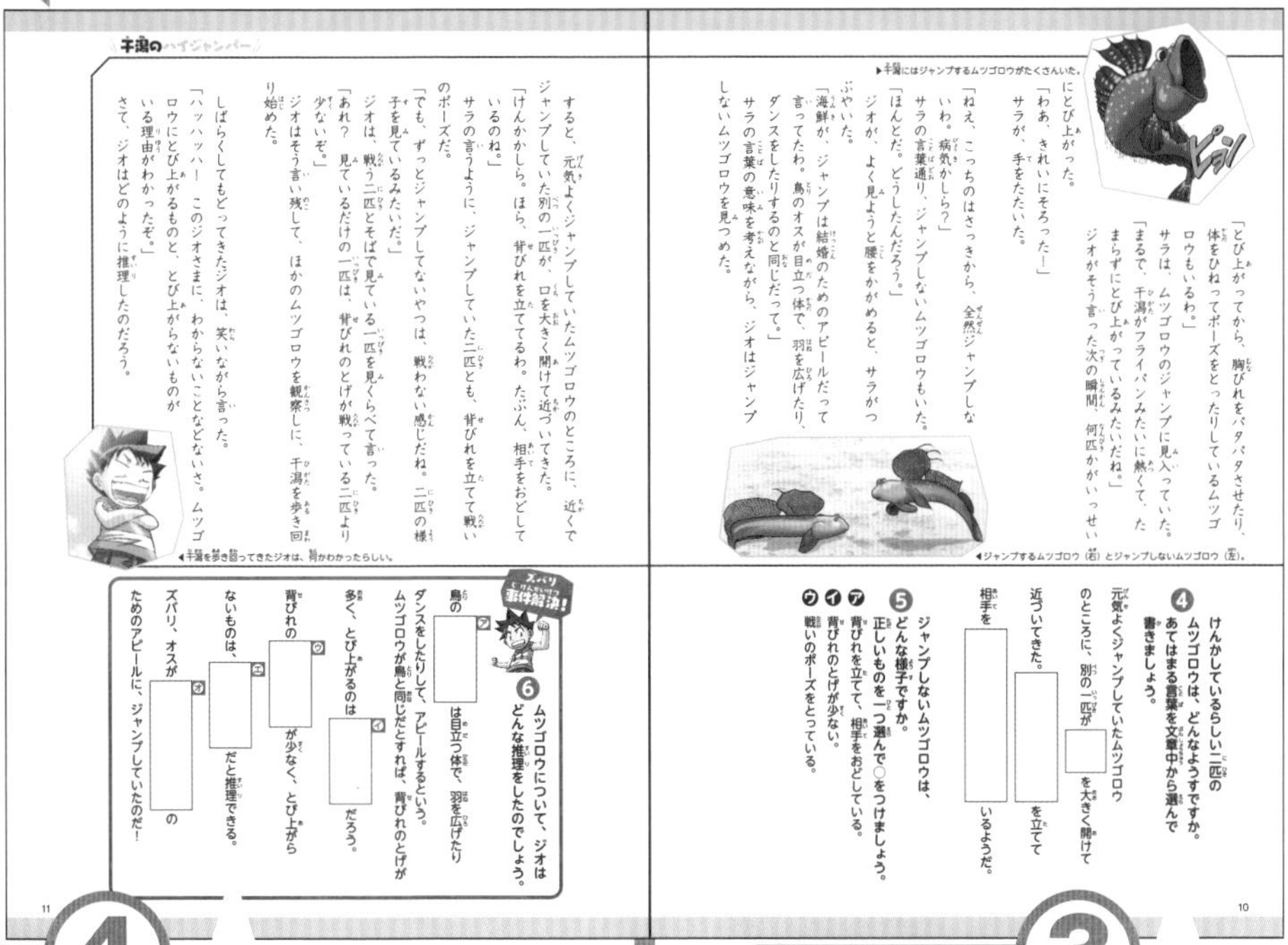

テクニック④

ズバリ事件解決《じけんかいけつ》！

手《て》がかりから、犯人《はんにん》やトリックを推理《すいり》しよう。謎《なぞ》が解《と》ければ文章《ぶんしょう》を理解《りかい》したことになるよ！

テクニック③

部分《ぶぶん》ごとに細《こま》かく読《よ》もう！

問題《もんだい》を解《と》きながら、事件解決《じけんかいけつ》の手《て》がかりを整理《せいり》しよう。

解答《かいとう》と解説《かいせつ》

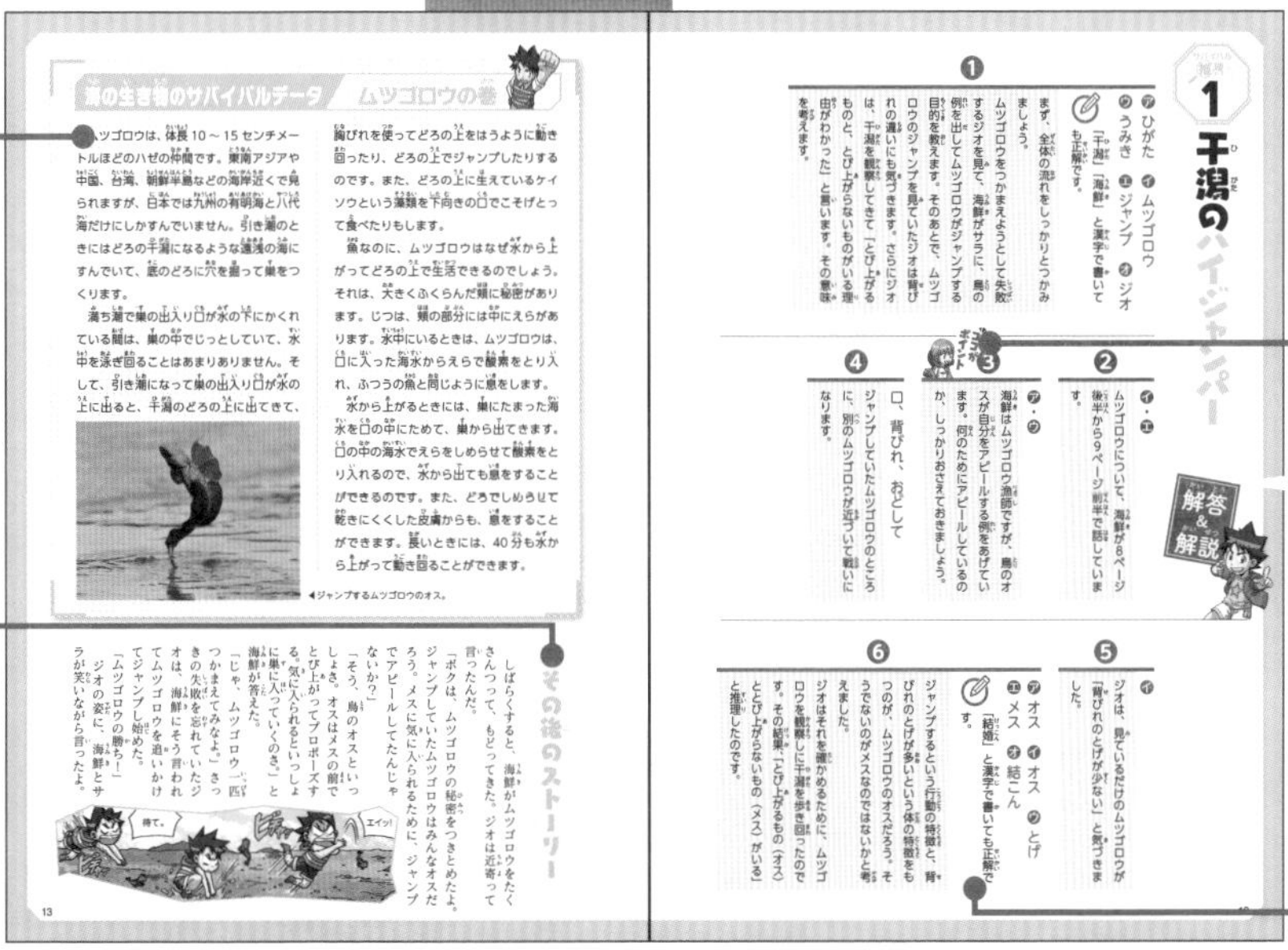

海《うみ》の生《い》き物《もの》のサバイバルデータ

文章《ぶんしょう》に関連《かんれん》した、さらに詳《くわ》しい科学知識《かがくちしき》が載《の》っているよ！

その後のストーリー

はたして、事件《じけん》はどうなったのか。解決《かいけつ》した後《あと》のストーリーも面白《おもしろ》いよ！

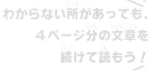

ドリルの登場人物《とうじょうじんぶつ》

科学漫画《かがくまんが》
サバイバルシリーズで
おなじみのボクたちと、
なぞ解《と》きに挑戦《ちょうせん》だ!!

ジオ

サバイバルキングの小学生《しょうがくせい》。

好奇心《こうきしん》いっぱいで、目新《めあたら》しいことやスリルをいつも探《さが》している、ぼくらの主人公《しゅじんこう》だ！

危険《きけん》な目《め》にあうことも多《おお》いけれど、チャレンジ精神《せいしん》と素早《すばや》い頭《あたま》の回転《かいてん》を強《つよ》みに「サバイバルの達人《たつじん》にピンチなんか無《な》いぞ！」と突《つ》き進《すす》んでいくよ。

ピピ

ジャングル育《そだ》ちの元気《げんき》なサバイバル少女《しょうじょ》。

冷静《れいせい》な判断《はんだん》は苦手《にがて》だけれど、危険《きけん》を察知《さっち》する動物的《どうぶつてき》なカンはジオもかなわないほど。

お風呂《ふろ》が嫌《きら》いで、体《からだ》の汚《よご》れも気《き》にしないんだ。

食《た》べることが大好《だいす》きで、しょっちゅうおならやゲップをするよ。

ケイ

医大出身《いだいしゅっしん》で、豊富《ほうふ》な知識《ちしき》の持《も》ち主《ぬし》。

清潔《せいけつ》好《ず》きで安全第一主《あんぜんだいいちしゅ》義《ぎ》なのに、なぜかジオたちのサバイバルに巻《ま》きこまれてしまうことが多《おお》いんだ。

一見《いっけん》クールだけれど、ジオたちをいつも心配《しんぱい》して、知識《ちしき》をもとに助《たす》けてくれるよ。

海鮮《うみき》

干潟《ひがた》で生《う》まれ育《そだ》った、ムツゴロウ漁《りょう》の後継者《こうけいしゃ》の少《しょう》年《ねん》。干潟《ひがた》の生《い》き物《もの》の知識《ちしき》が豊富《ほうふ》だよ。海洋学者《かいようがくしゃ》や飼育員《しいくいん》になる夢《ゆめ》もあって、水族館《すいぞくかん》で見習《みなら》い飼育員《しいくいん》もやっているんだ。

ジオとは事《こと》あるごとにぶつかるけれど、ジオとピピの面倒《めんどう》をよく見《み》る、親切《しんせつ》なところもあるよ。

サラ

干潟《ひがた》のことをよく知《し》っている優等生《ゆうとうせい》。

干潟体験団《ひがたたいけんだん》のリーダーなんだ。

ジオと海鮮《うみき》とともに、干潟《ひがた》でのサバイバルを経験《けいけん》することになったよ。

優等生《ゆうとうせい》らしく、冷静《れいせい》に状況《じょうきょう》を分析《ぶんせき》して、知識《ちしき》をいかしながら、対処《たいしょ》する方法《ほうほう》を見《み》つけだす頼《たの》もしい存在《そんざい》だよ。

こちらも読《よ》んでね！

干潟《ひがた》のサバイバル 1 2

ふとしたことから小《ちい》さくなってしまったジオ、サラ、海鮮《うみき》の３人《にん》。弱肉強食《じゃくにくきょうしょく》の食物連鎖《しょくもつれんさ》の現場《げんば》、干潟《ひがた》から脱出《だっしゅつ》できるのか？

水族館《すいぞくかん》のサバイバル 1 2

オープンしたばかりの水族館《すいぞくかん》に招《しょう》待《たい》されたジオたちは、神秘的《しんぴてき》な世《せ》界《かい》にすっかり夢中《むちゅう》。でも、思《おも》わぬ危険《きけん》に出合《であ》ってしまうことに！

全編《ぜんぺん》トライ！

?! なぞ解きサバイバル シリーズ

サバイバル＋文章読解《ぶんしょうどっかい》
推理《すいり》ドリル

- 生《い》き物編《ものへん》
- 自然編《しぜんへん》
- 人体編《じんたいへん》
- 虫編《むしへん》
- 海《うみ》の生《い》き物編《ものへん》

1 干潟《ひがた》のハイジャンパー

◀ジャンプしてにげる生《い》き物《もの》。

「あれ、海《うみ》にもどれず取《と》り残《のこ》された魚《さかな》かしら？」

サラが、潮《しお》が引《ひ》いた干潟《ひがた》でとびはねている生《い》き物《もの》を見《み》つけて言《い》った。サラは干潟《ひがた》の勉強《べんきょう》をしながら、そこにくらす生《い》き物《もの》の保護《ほご》について考《かんが》える干潟体験団《ひがたたいけんだん》のリーダーだ。

「取《と》り残《のこ》された!? それなら、サバイバルキングのボクの出番《でばん》だ！」

ジオはとびはねている生《い》き物《もの》に向《む》かって走《はし》り出《だ》した。ところが……。

「あれ？」

その生《い》き物《もの》は、ジオがかけよると、ピョンと勢《いきお》いよくとび上《あ》がった。あわてて近《ちか》づくと、またピョン。ジオは、とびこんでつかまえようとしたけれど、干潟《ひがた》のどろにひざをついてしまった。

▶干潟体験団《ひがたたいけんだん》で活躍《かつやく》するサラ。

「あいつ、ムツゴロウに遊《あそ》ばれてるなぁ。」

笑《わら》いながらサラに声《こえ》をかけてきたのは、近所《きんじょ》でムツゴロウ漁《りょう》師《し》をやっている海鮮《うみき》だった。

「相手《あいて》は『干潟《ひがた》のハイジャンパー』と呼《よ》ばれている、ジャンプが得意《とくい》なムツゴロウだぞ。つかまえられるわけないさ。」

推理した日　月　日

?! 文章全体《ぶんしょうぜんたい》を読《よ》んでまとめよう

1 どんな事件《じけん》が起《お》きたのか、□をうめて、まとめましょう。

ジオとサラが、［ア どこで？　　］で、とび上《あ》がる［イ なにを？　　］を見《み》つけた。

ジオがつかまえようとしている間《あいだ》に、ムツゴロウ漁師《りょうし》の［ウ だれが？　　］が来《き》て、サラにムツゴロウについて説明《せつめい》をした。

そのあと、ジオとサラは、［エ なにを？　　］をしないムツゴロウを見《み》た。

［オ だれ？　　］は、

「そうか、ムツゴロウね。でも、なんでジャンプするの？」

サラがたずねた。

「ほら、クジャクのオスはきれいな羽《はね》を持《も》っていて、広《ひろ》げて見《み》せびらかすだろう。鳥《とり》はたいていオスが目立《めだ》つ体《からだ》で羽《はね》を広《ひろ》げたりダンスをしたりして、メスに結婚《けっこん》のためのアピールをするのさ。ムツゴロウがジャンプする目的《もくてき》も、鳥《とり》と同《おな》じなんだ。」

「目的《もくてき》が同《おな》じって、どういうこと？」

よくわからず、サラが海鮮《うみき》に聞《き》いた。

「結婚《けっこん》のためのアピール、つまり目立《めだ》ちたいのさ。危険《きけん》からのがれたり、なわばりをしめしたりするときにも、ジャンプするけどね。」

海鮮《うみき》はそう言《い》い残《のこ》して、ムツゴロウつりに行《い》ってしまった。

▶ムツゴロウ漁師《りょうし》の海鮮《うみき》。

◀ムツゴロウに近《ちか》づくジオ。

「知《し》り合《あ》いなの？」

ジオがもどってきてサラに聞《き》いた。結局《けっきょく》、手足《てあし》をどろだらけにしただけで、ムツゴロウをつかまえることはできなかったようだ。

「漁師《りょうし》の海鮮《うみき》よ。ムツゴロウをつりに行《い》くんだって。あっちでもこっちでも、ムツゴロウがとび上《あ》がっているわね。」

「あっ、いたな！　どこまでジャンプするのか見《み》せてもらおう。」

ジオはそう言《い》って、またムツゴロウに近《ちか》づいた。


【注①】干潟…潮が引いたときに、陸と海の間に現れる土地。

【注②】ハイジャンパー…高とびの選手。


←先《さき》に文章《ぶんしょう》を11ページまで読《よ》みましょう。

ムツゴロウにはとび上《あ》がるものと、とび上《あ》がらないものがいる理由《りゆう》がわかったようだ。いったいなぜだろう。

2 **海鮮《うみき》はムツゴロウについて、どんなことを話《はな》しましたか。あてはまるものすべてに○をつけましょう。**

ア　とび上《あ》がるために、ヒレが進化《しんか》した羽《はね》を持《も》っている。
イ　ジャンプが得意《とくい》な干潟《ひがた》のハイジャンパーと呼《よ》ばれている。
ウ　ジャンプして、小《ちい》さな虫《むし》をつかまえて食《た》べている。
エ　なわばりをしめしたりするときにもジャンプする。

3 **海鮮《うみき》が言《い》う、鳥《とり》とムツゴロウに共通《きょうつう》することとは何《なん》ですか。あてはまるものすべてに○をつけましょう。**

ア　結婚《けっこん》のためにアピールをするということ。
イ　羽《はね》を広《ひろ》げたり、ダンスをしたりするということ。
ウ　目立《めだ》ちたがるということ。
エ　すぐにけんかをするということ。

▶干潟《ひがた》にはジャンプするムツゴロウがたくさんいた。

「とび上《あ》がってから、胸《むな》びれをパタパタさせたり、体《からだ》をひねってポーズをとったりしているムツゴロウもいるわ。」

サラは、ムツゴロウのジャンプに見入《みい》っていた。

「まるで、干潟《ひがた》がフライパンみたいに熱《あつ》くて、たまらずにとび上《あ》がっているみたいだね。」

ジオがそう言《い》った次《つぎ》の瞬間《しゅんかん》、何匹《なんびき》かがいっせいにとび上《あ》がった。

「わあ、きれいにそろった！」

サラが、手《て》をたたいた。

「ねえ、こっちのはさっきから、全然《ぜんぜん》ジャンプしないわ。病気《びょうき》かしら？」

サラの言葉通《ことばどお》り、ジャンプしないムツゴロウもいた。

「ほんとだ。どうしたんだろう。」

ジオが、よく見《み》ようと腰《こし》をかがめると、サラがつぶやいた。

「海鮮《うみき》が、ジャンプは結婚《けっこん》のためのアピールだって言《い》ってたわ。鳥《とり》のオスが目立《めだ》つ体《からだ》で、羽《はね》を広《ひろ》げたり、ダンスをしたりするのと同《おな》じだって。」

サラの言葉《ことば》の意味《いみ》を考《かんが》えながら、ジオはジャンプしないムツゴロウを見《み》つめた。

◀ジャンプするムツゴロウ（右《みぎ》）とジャンプしないムツゴロウ（左《ひだり》）。

4 けんかしているらしい二匹《にひき》のムツゴロウは、どんなようすですか。あてはまる言葉《ことば》を文章中《ぶんしょうちゅう》から選《えら》んで書《か》きましょう。

元気《げんき》よくジャンプしていたムツゴロウのところに、別《べつ》の一匹《いっぴき》が［　　］を大《おお》きく開《あ》けて近《ちか》づいてきた。［　　　　］を立《た》てて相手《あいて》を［　　　　］いるようだ。

5 ジャンプしないムツゴロウは、どんな様子《ようす》ですか。正《ただ》しいものを一《ひと》つ選《えら》んで○をつけましょう。

ア 背《せ》びれを立《た》てて、相手《あいて》をおどしている。

イ 背《せ》びれのとげが少《すく》ない。

ウ 戦《たたか》いのポーズをとっている。

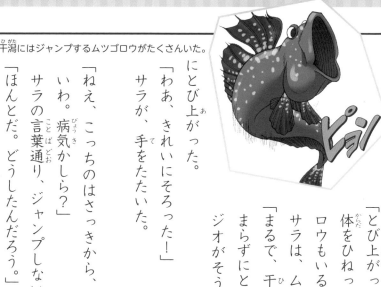

すると、元気《げんき》よくジャンプしていたムツゴロウのところに、近《ちか》くでジャンプしていた別《べつ》の一匹《いっぴき》が、口《くち》を大《おお》きく開《あ》けて近《ちか》づいてきた。

「けんかかしら。ほら、背《せ》びれを立《た》ててるわ。たぶん、相手《あいて》をおどしているのね。」

サラの言《い》うように、ジャンプしていた二匹《にひき》とも、背《せ》びれを立《た》てて戦《たたか》いのポーズだ。

「でも、ずっとジャンプしてないやつは、戦《たたか》わない感《かん》じだね。二匹《にひき》の様《よう》子《す》を見《み》ているみたいだ。」

ジオは、戦《たたか》う二匹《にひき》とそばで見《み》ている一匹《いっぴき》を見《み》くらべて言《い》った。

「あれ？　見《み》ているだけの一匹《いっぴき》は、背《せ》びれのとげが戦《たたか》っている二匹《にひき》より少《すく》ないぞ。」

ジオはそう言《い》い残《のこ》して、ほかのムツゴロウを観察《かんさつ》しに、干潟《ひがた》を歩《ある》き回《まわ》り始《はじ》めた。

しばらくしてもどってきたジオは、笑《わら》いながら言《い》った。

「ハッハッハ！　このジオさまに、わからないことなどないさ。ムツゴロウにとび上《あ》がるものと、とび上《あ》がらないものがいる理由《りゆう》がわかったぞ。」

さて、ジオはどのように推理《すいり》したのだろう。

◀干潟《ひがた》を歩《ある》き回《まわ》ってきたジオは、何《なに》かわかったらしい。

6 ムツゴロウについて、ジオはどんな推理《すいり》をしたのでしょう。

鳥《とり》の［ア］は目立《めだ》つ体《からだ》で、羽《はね》を広《ひろ》げたりダンスをしたりして、アピールするという。ムツゴロウが鳥《とり》と同《おな》じだとすれば、背《せ》びれのとげが多《おお》く、とび上《あ》がるのは［イ］だろう。背《せ》びれの［ウ］が少《すく》なく、とび上《あ》がらないものは、［エ］だと推理《すいり》できる。ズバリ、オスが［オ］のためのアピールに、ジャンプしていたのだ！

1 干潟《ひがた》のハイジャンパー

❶

㋐ ひがた ㋑ ムツゴロウ
㋒ うみき ㋓ ジャンプ ㋔ ジオ

「干潟《ひがた》」「海鮮《うみき》」と漢字《かんじ》で書《か》いても正解《せいかい》です。

まず、全体《ぜんたい》の流《なが》れをしっかりとつかみましょう。

ムツゴロウをつかまえようとして失敗《しっぱい》するジオを見《み》て、海鮮《うみき》がサラに、鳥《とり》の例《れい》を出《だ》してムツゴロウがジャンプする目的《もくてき》を教《おし》えます。そのあとで、ムツゴロウのジャンプを見《み》ていたジオは背《せ》びれの違《ちが》いにも気《き》づきます。さらにジオは、干潟《ひがた》を観察《かんさつ》してきて「とび上《あ》がるものと、とび上《あ》がらないものがいる理《り》由《ゆう》がわかった」と言《い》います。その意味《いみ》を考《かんが》えます。

❷

㋑・㋓

ムツゴロウについて、海鮮《うみき》が8ページ後半《こうはん》から9ページ前半《ぜんはん》で話《はな》しています。

❸

㋐・㋒

海鮮《うみき》はムツゴロウ漁師《りょうし》ですが、鳥《とり》のオスが自分《じぶん》をアピールする例《れい》をあげています。何《なん》のためにアピールしているのか、しっかりおさえておきましょう。

❹

口、背びれ、おどして

ジャンプしていたムツゴロウのところに、別《べつ》のムツゴロウが近《ちか》づいて戦《たたか》いになります。

❺

㋑

ジオは、見《み》ているだけのムツゴロウが「背《せ》びれのとげが少《すく》ない」と気《き》づきました。

❻

㋐ オス ㋑ オス ㋒ とげ
㋓ メス ㋔ 結こん

「結婚《けっこん》」と漢字《かんじ》で書《か》いても正解《せいかい》です。

ジャンプするという行動《こうどう》の特徴《とくちょう》と、背《せ》びれのとげが多《おお》いという体《からだ》の特徴《とくちょう》をもつのが、ムツゴロウのオスだろう。そうでないのがメスなのではないかと考《かんが》えました。

ジオはそれを確《たし》かめるために、ムツゴロウを観察《かんさつ》しに干潟《ひがた》を歩《ある》き回《まわ》ったのです。その結果《けっか》、「とび上《あ》がるもの（オス）ととび上《あ》がらないもの（メス）がいる」と推理《すいり》したのです。

海《うみ》の生《い》き物《もの》のサバイバルデータ　ムツゴロウの巻《まき》

ムツゴロウは、体長《たいちょう》10～15センチメートルほどのハゼの仲間《なかま》です。東南《とうなん》アジアや中国《ちゅうごく》、台湾《たいわん》、朝鮮半島《ちょうせんはんとう》などの海岸近《かいがんちか》くで見《み》られますが、日本《にほん》では九州《きゅうしゅう》の有明海《ありあけかい》と八代海《やつしろかい》だけにしかすんでいません。引《ひ》き潮《しお》のときにはどろの干潟《ひがた》になるような遠浅《とおあさ》の海《うみ》にすんでいて、底《そこ》のどろに穴《あな》を掘《ほ》って巣《す》をつくります。

満《み》ち潮《しお》で巣《す》の出入《でい》り口《ぐち》が水《みず》の下《した》にかくれている間《あいだ》は、巣《す》の中《なか》でじっとしていて、水中《すいちゅう》を泳《およ》ぎ回《まわ》ることはあまりありません。そして、引《ひ》き潮《しお》になって巣《す》の出入《でい》り口《ぐち》が水《みず》の上《うえ》に出《で》ると、干潟《ひがた》のどろの上《うえ》に出《で》てきて、胸《むな》びれを使《つか》ってどろの上《うえ》をはうように動《うご》き回《まわ》ったり、どろの上《うえ》でジャンプしたりするのです。また、どろの上《うえ》に生《は》えているケイソウという藻類《そうるい》を下向《したむ》きの口《くち》でこそげとって食《た》べたりもします。

魚《さかな》なのに、ムツゴロウはなぜ水《みず》から上《あ》がってどろの上《うえ》で生活《せいかつ》できるのでしょう。それは、大《おお》きくふくらんだ頬《ほほ》に秘密《ひみつ》があります。じつは、頬《ほほ》の部分《ぶぶん》には中《なか》にえらがあります。水中《すいちゅう》にいるときは、ムツゴロウは、口《くち》に入《はい》った海水《かいすい》からえらで酸素《さんそ》をとり入《い》れ、ふつうの魚《さかな》と同《おな》じように息《いき》をします。

水《みず》から上《あ》がるときには、巣《す》にたまった海水《かいすい》を口《くち》の中《なか》にためて、巣《す》から出《で》てきます。口《くち》の中《なか》の海水《かいすい》でえらをしめらせて酸素《さんそ》をとり入《い》れるので、水《みず》から出《で》ても息《いき》をすることができるのです。また、どろでしめらせて乾《かわ》きにくくした皮膚《ひふ》からも、息《いき》をすることができます。長《なが》いときには、40分《ぷん》も水《みず》から上《あ》がって動《うご》き回《まわ》ることができます。

◀ジャンプするムツゴロウのオス。

その後《ご》のストーリー

しばらくすると、海鮮《うみき》がムツゴロウをたくさんつって、もどってきた。ジオは近寄《ちかよ》って言《い》ったんだ。

「ボクは、ムツゴロウの秘密《ひみつ》をつきとめたよ。ジャンプしていたムツゴロウはみんなオスだろう。メスに気《き》に入《い》られるために、ジャンプでアピールしてたんじゃないか？」

「そう、鳥《とり》のオスといっしょさ。オスはメスの前《まえ》でとび上《あ》がってプロポーズする。気《き》に入《い》られるといっしょに巣《す》に入《はい》っていくのさ。」と海鮮《うみき》が答《こた》えた。

「じゃ、ムツゴロウ一匹《いっぴき》つかまえてみなよ。」さっきの失敗《しっぱい》を忘《わす》れていたジオは、海鮮《うみき》にそう言《い》われてムツゴロウを追《お》いかけてジャンプし始《はじ》めた。

「ムツゴロウの勝《か》ち！」

ジオの姿《すがた》に、海鮮《うみき》とサラが笑《わら》いながら言《い》ったよ。

サバイバル推理《すいり》

2 カニの起《き》死《し》回《かい》生《せい》の技《わざ》

◀干潟《ひがた》を進《すす》むジオ。

干潟《ひがた》で潮干狩《しおひが》りをしようとしていたジオ、サラ、海鮮《うみき》のそばに、ケイがやってきた。

「みんな、知《し》っているかい？　干潟《ひがた》には、貴重《きちょう》な生《い》き物《もの》がたくさんいるんだよ。」

ケイが話《はな》し始《はじ》めると、ムツゴロウの漁《りょう》をしている海鮮《うみき》がさえぎった。

「干潟《ひがた》のことなら、ボクに聞《き》いてほしいね。」

すると、サラも負《ま》けじと口《くち》をはさんできた。

「干潟体験団《ひがたたいけんだん》で何回《なんかい》も観察《かんさつ》に来《き》ているワタシのほうが、もっと詳《くわ》しいわよ。」

そんな三人《さんにん》を気《き》にもとめず、ジオはシャベルとバケツを手《て》にして、一人《ひとり》でさっさと干潟《ひがた》の中《なか》を進《すす》んでいった。

「みんな、何《なに》をごちゃごちゃ言《い》ってるんだい？　早《はや》く、潮干狩《しおひが》りを始《はじ》めようよ。そんなところでぐずぐずしていると、この干潟《ひがた》の生《い》き物《もの》、ボクが全部《ぜんぶ》とっちゃうよ～！」

▶ムツゴロウ漁師《りょうし》の海鮮《うみき》。

推理《すいり》した日《ひ》　□月□日

?! 文章全体《ぶんしょうぜんたい》を読《よ》んでまとめよう

1 どんな事件《じけん》が起《お》きたのか、□をうめて、まとめましょう。

ジオ、サラ、海鮮《うみき》、ケイが干潟《ひがた》で、あしが一本《いっぽん》ない （ア なにに？）□ に出合《であ》った。そのあとに、（イ なにが？）□ がカニをくわえて食《た》べるところも見《み》た。最後《さいご》に、ジオがカニの （ウ なにを？）□ を見《み》つけた。ケイは、カニには （エ どんな？）□ の技《わざ》があると言《い》う。それを聞《き》いた海鮮《うみき》は、

▶干潟体験団《ひがたたいけんだん》のサラ。

ジオがそう言《い》うと、サラが指《ゆび》をピンとジオのほうにのばして、干潟《ひがた》について話《はな》し始《はじ》めた。

「そこ、大切《たいせつ》よ。干潟《ひがた》はパッと見《み》ると、どろしかないように見《み》えるでしょ。でも、じつはたくさんの生《い》き物《もの》がいるの。貝《かい》やカニのほか、小《ちい》さなプランクトン、ゴカイ、ヒトデ、それにテナガダコだってすんでいるわ。」

ジオが突然《とつぜん》しゃがんで、小《ちい》さなカニをつかまえた。

「おや、このカニは、あしが一本《いっぽん》ないみたいだ。かわいそうに。歩《ある》きにくそうだ。あっ、痛《いた》いっ！　はさまれた！」

カニはジオの手《て》を攻撃《こうげき》して、干潟《ひがた》ににげた。

「これは、ヤマトオサガニだ。きっと敵《てき》からにげのびたんだね。」

ケイが、あしが一本《いっぽん》ないカニを見《み》ながら言《い》った。

「敵《てき》におそわれたトカゲが、自分《じぶん》のしっぽを切《き》ってにげるのを知《し》っているかい？　切《き》ったあとには、また新《あたら》しいしっぽが生《は》えてくるんだ。じつはカニも、身《み》の危険《きけん》を感《かん》じると、同《おな》じようににげるんだ。にげるときにあしやハサミがなくなっても、再生《さいせい》できるから大丈夫《だいじょうぶ》なのさ。お、お〜い。」

ジオたちはケイの話《はなし》を最後《さいご》まで聞《き》かずに、空《そら》から干《ひ》潟《がた》にまいおりた鳥《とり》のほうへ向《む》かった。

←先《さき》に文章《ぶんしょう》を17ページまで読《よ》みましょう。

◀ジオが見《み》つけた、あしが1本《ぽん》ないヤマトオサガニ。

オ だれが？

「　　　　がやったのかもしれない」と言《い》った。いったい、どういうことだろう？

② サラは干潟《ひがた》についてどう説明《せつめい》していますか。正《ただ》しいものを一《ひと》つ選《えら》んで○をつけましょう。

ア どろしかなくて、生《い》き物《もの》はまったくいない。

イ ムツゴロウだけがすんでいる。

ウ 貝《かい》やカニ、小《ちい》さなプランクトン、ゴカイ、ヒトデ、テナガダコなど、たくさんの生《い》き物《もの》がいる。

③ 敵《てき》におそわれたとき、トカゲとカニはどうしますか。線《せん》で結《むす》びましょう。

［敵《てき》におそわれたときどうする？］　［その後《あと》は、どうなる？］

トカゲ・　・ア あしやハサミがなくなってもにげる。・　・① 新《あたら》しいしっぽが生《は》えてくる。

カニ　・　・イ 自分《じぶん》のしっぽを切《き》ってにげる。・　・② 新《あたら》しいあしやハサミが生《は》えてくる。

「あっ、鳥《とり》がカニをつかまえたわ！」

サラの言《い》う通《とお》り、干潟《ひがた》におりた鳥《とり》が、少《すこ》し曲《ま》がった長《なが》いくちばしを器用《きよう》に使《つか》って、干潟《ひがた》の穴《あな》からヤマトオサガニをくわえ出《だ》した。

「カニの、命《いのち》をかけた戦《たたか》いだぜ！」

海鮮《うみき》は、すっかり興奮《こうふん》している。

▶カニをくわえたダイシャクシギ。

「あの鳥《とり》はダイシャクシギだな。」

追《お》いついたケイが、冷静《れいせい》に言《い》った。

「ダイシャクシギのほうが圧倒的《あっとうてき》に強《つよ》いよ！　あのくちばしでつかまえられたら、小《ちい》さなカニはにげられるわけないよ。」

ジオが言《い》ったとおり、ダイシャクシギはくわえたカニを振《ふ》り回《まわ》してから、丸《まる》のみにして食《た》べてしまった。振《ふ》り回《まわ》された勢《いきお》いで、カニのハサミがポロリと落《お》ちた。

しばらく歩《ある》きながら、キョロキョロとまわりを見回《みまわ》していたジオが、何《なに》かを見《み》つけたらしく、しゃがみこんだ。

「ねぇ、カニのハサミがこっちにもあったよ！」

指《ゆび》でつまむと、ケイに見《み》せた。

「これも、ヤマトオサガニのハサミだろうね。」

「もしかして、このハサミの持《も》ち主《ぬし》も、ダイシャクシギに食《た》べられてしまったのかもしれないね。」

ジオが悲《かな》しそうにそう言《い》うと、ケイが髪《かみ》をかきあげな

◀ジオが見《み》つけたカニのハサミ。

④ ダイシャクシギはどうやってカニを食《た》べましたか。□にあてはまる言葉《ことば》を文章中《ぶんしょうちゅう》から選《えら》んで書《か》きましょう。

ダイシャクシギは、少《すこ》し □ 長《なが》い □ を使《つか》って、干潟《ひがた》の □ から、カニをくわえ出《だ》した。そして、振《ふ》り回《まわ》してから、□ にして食《た》べた。

⑤ 落《お》ちていたカニのハサミと持《も》ち主《ぬし》について、ジオ、サラ、ケイは、それぞれどう考《かんが》えましたか。だれの意見《いけん》か、あてはまる記号《きごう》を書《か》きましょう。

ア カニが鳥《とり》に振《ふ》り回《まわ》されて、ハサミがポロリと落《お》ちた。……□
イ ハサミの持《も》ち主《ぬし》は、ダイシャクシギに食《た》べられた。……□
ウ ハサミの持《も》ち主《ぬし》は、にげのびたのかもしれない。……□

① ジオ　② サラ　③ ケイ

カニの起死回生《きしかいせい》の技《わざ》

▶ヤマトオサガニについて説明《せつめい》するケイ。

がら、先生《せんせい》のように話《はな》し始《はじ》めた。

「そうとも限《かぎ》らないよ。カニには、【注①】起死回生《きしかいせい》の技《わざ》があるんだ。さっきのあしが一本《いっぽん》なかったカニと同《おな》じように、落《お》ちていたハサミの持《も》ち主《ぬし》もにげのびたのかもしれない。敵《てき》におそわれたトカゲのように、カニもハサミやあしを失《うしな》ってもそのままではないと言《い》ったろう。」

サラが不思議《ふしぎ》そうな顔《かお》でたずねた。

「よくわからないわ。ダイシャクシギに食《た》べられたカニのように、振《ふ》り回《まわ》されてハサミがポロリと落《お》ちたんじゃないの？」

「そうかもしれない。でも、ほかの可能性《かのうせい》もあるんだ。」

わかるかな、というようにケイが三人《さんにん》の顔《かお》を見回《みまわ》すと、海鮮《うみき》がグッと一歩前《いっぽまえ》に出《で》て言《い》った。

「起死回生《きしかいせい》の技《わざ》か！　わかったよ！　カニ自身《じしん》がやったのかもしれないってことでしょ？」

さて、海鮮《うみき》は落《お》ちていたカニのハサミについて、どう考《かんが》えたのでしょう。

【注①】起死回生《きしかいせい》…死《し》にかけていたものを生《い》き返《かえ》らせること。最悪《さいあく》の状態《じょうたい》にあるものごとを立《た》て直《なお》すこと。

◀海鮮《うみき》は何《なに》かがわかったらしい。

6 海鮮《うみき》は落《お》ちていたカニのハサミについて、どんな推理《すいり》をしたのでしょう。

敵《てき》におそわれたトカゲは、しっぽを切《き》ってにげると新《あたら》しい［ア］が生《は》えてくる。

カニも同《おな》じということは、身《み》の危険《きけん》を感《かん》じると、あしやハサミを切《き》りはなしてにげて、あとから［イ］できるはずだ。

これが、［ウ］の技《わざ》だ。

ズバリ、落《お》ちていたハサミの持《も》ち主《ぬし》である［エ］は、自分《じぶん》を守《まも》るために［オ］を自分《じぶん》で切《き》りはなしてにげたのかもしれない！

サバイバル推理《すいり》 2

カニの起《き》死《し》回《かい》生《せい》の技

解答《かいとう》&解説《かいせつ》

❶

ア カニ（ヤマトオサガニ）
イ ダイシャクシギ
ウ ハサミ　エ 起死回生
オ カニ自身

まず、全体《ぜんたい》の流《なが》れをしっかりとつかみましょう。
四人《よにん》は干潟《ひがた》であしが一本《いっぽん》ないヤマトオサガニを見《み》つけます。次《つぎ》に、カニがダイシャクシギにつかまって食《た》べられてしまうところを目撃《もくげき》します。最後《さいご》に、ジオがカニのハサミを見《み》つけますが、それについてケイが、カニには、起死《きし》回生《かいせい》の技《わざ》があると言《い》います。海鮮《うみき》は、その意味《いみ》がわかりました。

❷

ウ
干潟《ひがた》について、15ページのはじめでサラが詳《くわ》しく説明《せつめい》しています。

❸

トカゲ—イ—①
カ　ニ—ア—②
敵《てき》におそわれたとき、トカゲは、自分《じぶん》のしっぽを切《き》ってにげます。カニのあしやハサミも再生《さいせい》できると、15ページの後半《こうはん》でケイが話《はな》しています。

❹

曲がった、くちばし、あな、丸のみ

「穴《あな》」と漢字《かんじ》で書《か》いても正解《せいかい》です。

ダイシャクシギがカニを食《た》べる様子《ようす》が、16ページ前半《ぜんはん》にあります。

❺

ア—②　イ—①　ウ—③

ジオの考《かんが》えは16ページの終《お》わりに、サラの考《かんが》えは17ページの中《なか》ほどにあります。「カニがにげのびたのかもしれない」というケイの考《かんが》えは「起死回生《きしかいせい》の技《わざ》」につながります。

❻

ア しっぽ　イ さい生
ウ 起死回生
エ ヤマトオサガニ　オ ハサミ

「再生《さいせい》」と漢字《かんじ》で書《か》いても正解《せいかい》です。

ケイは、トカゲが自分《じぶん》で切《き》ったしっぽを再生《さいせい》できることを例《れい》に出《だ》して、カニが同《おな》じようにしても、あしやハサミを再生《さいせい》できると15ページで説明《せつめい》しています。つまり、カニの起死回生《きしかいせい》の技《わざ》とは、あしやハサミを自分《じぶん》で切《き》ってにげることです。そこで海鮮《うみき》は、「カニ自身《じしん》がやったのかもしれない」と推理《すいり》したのです。

海《うみ》の生《い》き物《もの》のサバイバルデータ／ヤマトオサガニの巻《まき》

ヤマトオサガニはこうらの幅《はば》が４センチメートルほどのカニで、本州《ほんしゅう》から沖縄《おきなわ》までの日本各地《にほんかくち》の河口近《かこうちか》くなどで見《み》られます。引《ひ》き潮《しお》のときには干潟《ひがた》になるような場《ば》所《しょ》で、やわらかいどろ底《ぞこ》に穴《あな》を掘《ほ》って巣《す》をつくります。夜《よる》の間《あいだ》や天気《てんき》の悪《わる》い日《ひ》などに巣《す》から出《で》て、干潟《ひがた》のどろの上《うえ》にある生《い》き物《もの》の小《ちい》さなかけらや藻類《そうるい》を、ハサミでつまみ取《と》って食《た》べます。

ヤマトオサガニの敵《てき》はダイシャクシギなどの大型《おおがた》の水鳥《みずとり》で、巣《す》にかくれていても長《なが》いくちばしで体《からだ》をくわえられ、つかまってしまいます。そのまま振《ふ》り回《まわ》されると、ハサミがもげて食《た》べられやすくなり、丸《まる》のみにされてしまいます。

でも、敵《てき》につかまってもにげのびられることがあります。じつは、カニのハサミやあしには、つけねから２番目《ばんめ》の節《ふし》の根本近《ねもとちか》くに切《き》れやすい場所《ばしょ》（自切面《じせつめん》）があります。この場所《ばしょ》より先《さき》をくわえられたときには、ハサミやあしを自切面《じせつめん》で切《き》りはなし、にげることができるからです。自切面《じせつめん》は、切《き》れても出血《しゅっけつ》が少《すく》なく、短時間《たんじかん》で保護膜《ほごまく》ができて、体《からだ》へのダメージが少《すく》なくてすむようになっています。そして、時間《じかん》がたつにつれて、保護膜《ほごまく》の中《なか》に、たたまれた小《ちい》さなハサミやあし先《さき》ができてきます。

カニの仲間《なかま》は、おとなになってからも脱《だっ》皮《ぴ》をして成長《せいちょう》を続《つづ》けます。脱皮《だっぴ》をするときに、保護膜《ほごまく》の中《なか》にあった小《ちい》さなハサミやあしが現《あらわ》れ、動《うご》くようになります。そして、脱皮《だっぴ》をくりかえすうちに、ハサミやあし先《さき》がだんだん元《もと》の大《おお》きさになっていきます。

▲細長《ほそなが》い柄《え》の先《さき》にある目《め》、白《しろ》いハサミ、四角《しかく》いこうらが特徴《とくちょう》のヤマトオサガニ。

その後《ご》のストーリー

ダイシャクシギが食事《しょくじ》をしている場面《ばめん》を、ジオたち四人《よにん》はそのあと何度《なんど》も見《み》た。あしをくわえられたカニが「エイッ」というように、自分《じぶん》であしを切《き》りはなしてにげる場面《ばめん》にも出《で》合《あ》った。

切《き》りはなしたあしが、再生《さいせい》してずいぶんのびてきているカニもいた。

「まさに、起死回生《きしかいせい》の技《わざ》ね。」とサラが感心《かんしん》していると、ケイがまた説明《せつめい》を始《はじ》めた。「家《いえ》でカニをゆでて食《た》べるときも、注意《ちゅうい》しないと、カニが危険《きけん》を感《かん》じて、自分《じぶん》であしを切《き》りはなすことがあるんだ。」

「でも、食《た》べるときは、けっきょくあしをはずすよ。」ジオが言《い》うと、ケイがニヤリとしながら、「カニのうま味《み》が、切《き》れた部分《ぶぶん》から湯《ゆ》の中《なか》に流《なが》れ出《で》てしまうだろう。」

みんなが声《こえ》をそろえて「それは、もったいない!!」とさけんだよ。

サバイバル推理《すいり》

3 砂《すな》団《だん》子《ご》のなぞ

▶カニを食《た》べながら説明《せつめい》するケイ。

干潟《ひがた》からもどって、ジオはケイと夕食《ゆうしょく》をとっていた。

「そういえば、干潟《ひがた》の生《い》き物《もの》って、どろや砂《すな》の多《おお》い場所《ばしょ》で何《なに》を食《た》べるの？」

ジオがケイに聞《き》いた。

「どろや砂《すな》に積《つ》もっている、生《い》き物《もの》が死《し》んで分解《ぶんかい》された状態《じょうたい》の『デトリタス』というものがエサなんだ。どろの中《なか》のプランクトンなども食《た》べているよ。つまり、エサは豊富《ほうふ》にあるということさ。カニ、うまい！」

カニを口《くち》いっぱいにほおばりながら、ケイが答《こた》えた。

「どろの中《なか》からエサを取《と》り出《だ》すのって、大変《たいへん》じゃないの？」

「そう思《おも》うだろ。でも、器用《きよう》な生《い》き物《もの》がいるんだ。どろや砂《すな》を口《くち》に入《い》れて、エサだけを食《た》べて、残《のこ》ったどろや砂《すな》は口《くち》から出《だ》すんだ。」

ジオは、何《なん》だか変《へん》な食《た》べ方《かた》だなと思《おも》ったけれど、自分《じぶん》がカニを食《た》べるほうがいそがしくて、それ以上《いじょう》くわしくはたずねなかった。

翌日《よくじつ》、ジオはケイが用意《ようい》していた探査服《たんさふく》をこっそり持《も》ち出《だ》して、サラ

?! 文章全体《ぶんしょうぜんたい》を読《よ》んでまとめよう

推理《すいり》した日　□月□日

1 どんな事件《じけん》が起《お》きたのか、□をうめて、まとめましょう。

探査服《たんさふく》を着《き》たジオと［ア だれ？］と海《うみ》鮮《き》の三人《さんにん》が［イ どのように？］なって、干潟《ひがた》を探検《たんけん》していると、［ウ なにを？］を見《み》つけた。

それを作《つく》っていたのは［エ なに？］だった。

［オ だれ？］は、それがどうして作《つく》られた

と海鮮《うみき》が待《ま》っている干潟《ひがた》へ向《む》かった。

「お待《ま》たせ！　これが、知《し》り合《あ》いのノウ【注①】博士《はかせ》が最先《さいせん》端《たん》のテクノロジーを使《つか》って作《つく》った探査服《たんさふく》さ！」

「ウェットスーツみたいで、かっこいいわ！」

サラは気《き》に入《い》ったようだ。

「防水《ぼうすい》になってるね。役《やく》に立《た》ちそうだ。」

▶３人《にん》の探査服《たんさふく》の間《あいだ》に強烈《きょうれつ》な光《ひかり》が走《はし》った。

海鮮《うみき》も喜《よろこ》んでいる。

三人《さんにん》が探査服《たんさふく》を着《き》たところで、サラが
「このボタンは何《なに》？」

と胸《むね》のボタンを押《お》すと……。

ピカァッと三人《さんにん》の探査服《たんさふく》の間《あいだ》に強烈《きょうれつ》な光《ひかり》が走《はし》った。


どのくらい時間《じかん》がたったのだろう。三人《さんにん》は気《き》を失《うしな》っていたようだ。

「海《うみ》が、ずいぶん遠《とお》いわ。」

サラが、首《くび》をかしげて言《い》った。

「気《き》のせいかな。体《からだ》が変《へん》だ……。」

海鮮《うみき》が、空《そら》を見上《みあ》げて言《い》った。

「いや、探査服《たんさふく》のせいでボクたちは小《ち》さくなったんだ。よし、これで干潟《ひがた》を探検《たんけん》しよう。」

ジオの提案《ていあん》で、三人《さんにん》は探検《たんけん》を始《はじ》めることにした。


【注①】ノウ博士…すごい発明をする自称天才科学者。

←先《さき》に文章《ぶんしょう》を23ページまで読《よ》みましょう。

◀３人《にん》は気《き》を失《うしな》っていたようだ。

のかわかったようだ。

いったい、砂団子《すなだんご》の正体《しょうたい》とは、何《なん》なのだろう？

2 干潟《ひがた》の生《い》き物《もの》は、何《なに》を食《た》べていると、ケイは話《はな》していますか。正《ただ》しいものを二《ふた》つ選《えら》んで○をつけましょう。

ア　貝《かい》や海《かい》そうを分解《ぶんかい》する「デトリタス」という液体《えきたい》を使《つか》って、エサをとかして食《た》べている。
イ　干潟《ひがた》のどろや砂《すな》を食《た》べて生《い》きている。
ウ　生《い》き物《もの》が死《し》んで分解《ぶんかい》された状態《じょうたい》の「デトリタス」というものを食《た》べている。
エ　干潟《ひがた》のどろの中《なか》には、食《た》べるものがほとんどない。
オ　どろの中《なか》のプランクトンなどを食《た》べている。

3 ケイが、干潟《ひがた》の器用《きよう》な生《い》き物《もの》がエサをとる方法《ほうほう》を説明《せつめい》しています。正《ただ》しいものを一《ひと》つ選《えら》んで○をつけましょう。

ア　エサをどろや砂《すな》ごと食《た》べて、どろや砂《すな》はフンとして出《だ》す。
イ　エサについたどろや砂《すな》を、海水《かいすい》で洗《あら》い流《なが》して食《た》べる。
ウ　どろや砂《すな》ごと口《くち》に入《い》れてエサだけを食《た》べて、残《のこ》ったどろや砂《すな》は口《くち》から出《だ》す。

▶丸《まる》い砂《すな》のかたまりがあった。

「この砂団子《すなだんご》、だれかが遊《あそ》んで作《つく》ったのかな？」

海鮮《うみき》が丸《まる》い砂《すな》のかたまりに気《き》がついた。

「ワタシたちが小《ちい》さくなってるからよくわからないけど、団子《だんご》の大《おお》きさは一《いっ》センチもないみたい。」

サラが続《つづ》けた。

「ちょっと調《しら》べてみよう。」

ジオは、ならんでいる砂団子《すなだんご》にそって走《はし》り出《だ》した。

「うわっ！　あぶない！」

ジオの前《まえ》に穴《あな》があいていた。あやうく、そこに落《お》ちそうになったジオは、ギリギリでふみとどまった。

「なんだ、この穴《あな》は？　ムツゴロウの巣《す》かな？　そうすると、あの砂団《すなだん》子《ご》はムツゴロウのウンチかな？」

ジオが穴《あな》をのぞきこみながら言《い》うと、海鮮《うみき》が大声《おおごえ》で言《い》い返《かえ》した。

「ちがう！　ムツゴロウは、そんなサイズの穴《あな》じゃ入《はい》れない。いったい、何《なに》だろう？　暗《くら》いな。」

そのとき、肩《かた》のボタンに気《き》がついたジオが、あっと声《こえ》を上《あ》げた。

「ライトだ！　ほら、ここ！」

「それで、中《なか》を見《み》ることができるんじゃない？」

サラもそう言《い》うと、自分《じぶん》のライトをつけて穴《あな》をのぞきこんだ。

◀ジオはライトを見《み》つけた。

4 ジオは、探査服《たんさふく》を着《き》ると小《ちい》さくなれることや、肩《かた》にライトがついていることを知《し》らなかったようです。それは、なぜだと考《かんが》えられますか。あてはまるものを一《ひと》つ選《えら》んで○をつけましょう。

ア ノウ博士《はかせ》に聞《き》いた使《つか》い方《かた》をわすれてしまったから。
イ ケイが用意《ようい》していた探査服《たんさふく》をこっそり持《も》ち出《だ》してきたから。
ウ ケイから借《か》りた説明書《せつめいしょ》を持《も》ってくるのをわすれたから。

5 コメツキガニは、どんな動作《どうさ》をしていましたか。□にあてはまる言葉《ことば》を文章中《ぶんしょうちゅう》から選《えら》んで書《か》きましょう。

口《くち》から［　　　　］ものを［　　　　］で自分《じぶん》の後《うし》ろ側《がわ》へけり出《だ》すようにしていた。

砂団子《すなだんご》のなぞ

◀あちこちの穴《あな》からカニが出《で》てきた。

「あっ、ハサミが見《み》える！　カニよ！」

ガサッ、ガサッ。あちこちの穴《あな》からカニが地上《ちじょう》に出《で》てきた。

「かくれろ！」

身《み》の危険《きけん》を感《かん》じたジオが、二人《ふたり》の腕《うで》をひっぱって砂団子《すなだんご》のかげにかけこんだ。海鮮《うみき》が、驚《おどろ》いてさけんだ。

「コメツキガニだ！」

「見《み》つかったら、ワタシたちのほうが、エサとして食《た》べられてもおかしくない大《おお》きさよ。」

カニは、三人《さんにん》に気《き》づかずに、口《くち》からはき出《だ》したものを、あしで自分《じぶん》の後《うし》ろ側《がわ》へけり出《だ》すようにした。同《おな》じ動作《どうさ》を、くりかえし休《やす》みなく続《つづ》けているようだ。

「砂団子《すなだんご》を作《つく》っていたのはコメツキガニだ。」

海鮮《うみき》が言《い》うと、不思議《ふしぎ》そうにサラが聞《き》いた。

「でも、どうして？」

しばらく考《かんが》えていたジオが、自信《じしん》たっぷりに言《い》った。

「そうか、砂団子《すなだんご》が何《なん》なのかわかったぞ！」

さて、砂団子《すなだんご》の正体《しょうたい》は、いったい何《なん》なのだろう。

6 ジオは砂団子《すなだんご》について、どんな推理《すいり》をしたのでしょう。㋓は正《ただ》しいものに○をつけましょう。

干潟《ひがた》の器用《きよう》な生《い》き物《もの》は ㋐［　　］や ㋑［　　］を口《くち》に入《い》れて、その中《なか》の必要《ひつよう》な ㋒［　　］だけを食《た》べて、残《のこ》りは ㋓（はき出《だ》す・飲《の》みこむ）。

ズバリ、㋔［　　］は、コメツキガニが、エサを食《た》べたあとの残《のこ》り物《もの》にちがいない！

砂《すな》団《だん》子《ご》のなぞ

解答《かいとう》&解説《かいせつ》

1

ア サラ　イ 小さく
ウ すなだんご（丸《まる》い砂《すな》のかたまり）
エ コメツキガニ　オ ジオ

「砂団子《すなだんご》」と漢字《かんじ》で書《か》いても正解《せいかい》です。

まず、全体《ぜんたい》の流《なが》れをしっかりとつかみましょう。

ジオは夕食《ゆうしょく》をとりながら、ケイに干潟《ひがた》の生《い》き物《もの》のエサについて聞《き》きました。翌日《よくじつ》、探査服《たんさふく》を着《き》て小《ち》さくなったジオ、サラ、海鮮《うみき》は干潟《ひがた》を探検《たんけん》していて砂団《すなだん》子《ご》を見《み》つけます。そのあと三人《さんにん》はコメツキガニに出会《であ》います。ジオは、コメツキガニが砂団子《すなだんご》を作《つく》っているのを見《み》て、砂団子《すなだんご》の正体《しょうたい》がいったい何《なん》なのかを推理《すいり》しました。

2

ウ、オ

20ページで、ケイが干潟《ひがた》にあるエサについて説明《せつめい》しています。どろや砂《すな》しかないように見《み》える干潟《ひがた》ですが、じつはエサが豊富《ほうふ》です。

3

ウ

干潟《ひがた》の器用《きよう》な生《い》き物《もの》が、どうやってエサを食《た》べるか、ケイが20ページで説明《せつめい》しています。その話《はなし》を、ジオはあとで思《おも》い出《だ》します。

4

イ

ケイが持《も》っていた探査服《たんさふく》を、ジオがこっそり持《も》ち出《だ》しました。だから、小《ち》さくなれることや、肩《かた》にライトがついていることを、ジオは知《し》らなかったと考《かんが》えられます。

5

はき出した、あし

干潟《ひがた》には豊富《ほうふ》にエサがありますが、どうやって食《た》べるのかが問題《もんだい》です。コメツキガニは、砂《すな》を口《くち》に運《はこ》んで、残《のこ》りを口《くち》からはき出《だ》して砂団子《すなだんご》を作《つく》ります。その動《うご》きにエサとりのポイントがかくれています。

6

ア どろ　イ すな　ウ エサ
エ はき出す　オ すなだんご

アとイは順序《じゅんじょ》が違《ちが》っていても正解《せいかい》です。

どろや砂《すな》の中《なか》にあるエサを食《た》べるために、コメツキガニは砂《すな》ごと口《くち》に入《い》れて、エサだけを食《た》べて、残《のこ》りをはき出《だ》します。だから、砂団子《すなだんご》はコメツキガニがエサを食《た》べたあとの残《のこ》り物《もの》なのです。ジオは、ケイの説明《せつめい》を思《おも》い出《だ》して推理《すいり》したのです。

海《うみ》の生《い》き物《もの》のサバイバルデータ／コメツキガニの巻《まき》

　コメツキガニは、こうらの幅《はば》が１センチメートルほどしかない、小《ちい》さなカニです。北太平洋《きたたいへいよう》の西部《せいぶ》に広《ひろ》く分布《ぶんぷ》していて、日本《にほん》では北海道《ほっかいどう》の南部《なんぶ》から九州《きゅうしゅう》の河口近《かこうちか》くや内湾《ないわん》の干潟《ひがた》で、昼間《ひるま》に見《み》られます。ヤマトオサガニがすむようなどろが多《おお》い場所《ばしょ》ではなく、細《こま》かい砂《すな》が多《おお》い場所《ばしょ》に直径《ちょっけい》１センチ、深《ふか》さ20センチメートルくらいの穴《あな》を掘《ほ》って、巣《す》にしています。

　コメツキガニは密集《みっしゅう》してくらします。潮《しお》が引《ひ》いて干潟《ひがた》ができはじめると、巣《す》から出《で》て、姿《すがた》を現《あらわ》します。すぐに、シャベルのようなハサミで砂《すな》をすくい上《あ》げては口《くち》に運《はこ》んで、食事《しょくじ》をはじめます。

　コメツキガニは、口《くち》に入《い》れた砂《すな》つぶについている小《ちい》さな藻類《そうるい》や生物《せいぶつ》の小《ちい》さなかけらをより分《わ》けて食《た》べます。残《のこ》った砂《すな》などをはき出《だ》して団子《だんご》を作《つく》ります。それを体《からだ》の後《うし》ろにすてては、巣《す》から離《はな》れるように食事《しょくじ》をしていくので、砂団子《すなだんご》が直線状《ちょくせんじょう》にならんでいきます。何《なに》かに驚《おどろ》くと巣穴《すあな》にもどり、また別《べつ》の方向《ほうこう》に進《すす》むので、巣穴《すあな》から放射状《ほうしゃじょう》に砂《すな》団子《だんご》がならびます。

　コメツキガニという名前《なまえ》は、オスのおもしろいしぐさからつきました。繁殖期《はんしょくき》になると、コメツキガニのオスはメスの前《まえ》で踊《おど》るようにして、両方《りょうほう》のハサミをそろえて、くりかえし上《あ》げ下《さ》げします。

　これはメスにプロポーズするウェービングという行動《こうどう》で、「このハサミ、かっこいいでしょ？」と言《い》わんばかりに、メスに見《み》せているのです。こうしたウェービングの動作《どうさ》が、臼《うす》と杵《きね》を使《つか》って玄米《げんまい》をついているようすに似《に》ていることから、コメツキガニという名前《なまえ》がつけられました。

▲ウェービングをするコメツキガニ

その後《ご》のストーリー

　三人《さんにん》が観察《かんさつ》している間《あいだ》も、コメツキガニは砂《すな》を口《くち》に入《い》れては、丸《まる》い団子《だんご》を作《つく》り続《つづ》けた。

「あんなスピードで、エサだけをちゃんと砂《すな》の中《なか》から見《み》つけて、食《た》べられているのかな？」とコメツキガニを見《み》て、ジオは言《い》った。

「リズミカルに砂団子《すなだんご》ができるから、見《み》ててあきないわ。」と、サラ。

「あの食欲《しょくよく》を見《み》てると、こっちまでお腹《なか》がすいてくるよ。」と言《い》うのと同時《どうじ》に、海鮮《うみき》のお腹《なか》がグーッと鳴《な》る。

「そういえば、もうお昼《ひる》も近《ちか》いわ。何《なに》か食《た》べるものはないかしら。」

　サラの言葉《ことば》を聞《き》いたジオは、その場《ば》にしゃがむと、「コメツキガニみたいに、これを食《た》べてみようか。」と、両手《りょうて》で砂《すな》をすくい始《はじ》めたので、みんながあわてて止《と》めたんだ。

サバイバル推理《すいり》 4

おそろしいハンター

探査服《たんさふく》を着《き》て小《ちい》さくなってしまったジオ、サラ、海鮮《うみき》の三人《さんにん》は、干潟《ひがた》の探検《たんけん》を続《つづ》けていた。

「もう歩《ある》けない。お腹《なか》が……。すきすぎて……。」

ジオが、お腹《なか》をおさえながらつぶやいた。

「みんなお腹《なか》がすいてるの。そんなに大《おお》げさにアピールしないで！」

サラはきっぱり言《い》うと、どんどん歩《ある》いていった。

ジオは、その背中《せなか》に向《む》かって声《こえ》をかけた。

▶食《た》べ物《もの》を探《さが》す3人《にん》。

「干潟《ひがた》なら、どこかに貝《かい》が落《お》ちてるんじゃないの？」

「アサリみたいな二枚貝《にまいがい》を見《み》つけても、ワタシたちがこんなに小《ちい》さいんだから、開《ひら》くのは無理《むり》よ。」

サラは、冷静《れいせい》に指摘《してき》した。

「あ～、そうか！　確《たし》かにアサリって、おみそ汁《しる》を作《つく》るときに、お湯《ゆ》の温度《おんど》が上《あ》がるとパカッと口《くち》を開《ひら》くけど、それまではギュッと口《くち》を閉《と》じてるよね。」

ジオも、納得《なっとく》したようだ。

「いや、ジオの万能《ばんのう》ナイフをうまく使《つか》えば、二枚貝《にまいがい》をあけられるよ。

◀冷静《れいせい》に話《はな》すサラ。

推理《すいり》した日《ひ》　□月　□日

?! 文章全体《ぶんしょうぜんたい》を読《よ》んでまとめよう

1 どんな事件《じけん》が起《お》きたのか、□をうめて、まとめましょう。

ジオ、サラ、海鮮《うみき》が、［ア どこで？］で食《た》べ物《もの》を探《さが》していたが、見《み》つからない。［イ だれが？］が海《うみ》のほうに向《む》かったあと、ジオとサラは、大《おお》きな［ウ なに？］貝《がい》が何《なに》かにおおいかぶさっているのを見《み》た。下《した》には［エ なに？］貝《がい》がいるらしい。巻《ま》き貝《がい》のそばには、中身《なかみ》がなく［オ なにが？］があいたアサリのからがあった。

それに、この体《からだ》の大《おお》きさなら、アサリ一匹《いっぴき》見《み》つければ、貝柱《かいばしら》だけ食《た》べても、満腹《まんぷく》になるさ。」

海鮮《うみき》が、漁師《りょうし》らしく体験《たいけん》にもとづいて、自信《じしん》たっぷりに話《はな》した。

「でもさ、干潟《ひがた》には貝《かい》や生《い》き物《もの》がたくさんいるんだろ。なんで、このあたりには、食《た》べられそうなものが何《なに》もいないんだ？　アサリ一匹《いっぴき》すらいないなんて……。」

ジオは、お腹《なか》がすいて、きげんが悪《わる》そうだ。

「最近《さいきん》ふえている、ツメタガイってきらわれ者《もの》の巻《ま》き貝《がい》が、アサリを食《た》べちゃうんだよ。そのせいかもな～。あいつら、貝《かい》のからを酸《さん》でとかしながら、歯《は》でゴリゴリとやすりのようにけずって、身《み》を吸《す》って食《た》べちゃうんだ。」

海鮮《うみき》はそう言《い》いながら、怪獣《かいじゅう》のように、両手《りょうて》を広《ひろ》げ口《くち》を大《おお》きく開《ひら》いた。

「酸《さん》でとかしながら、歯《は》でゴリゴリって、何《なに》それ？」

サラの質問《しつもん》に、海鮮《うみき》はすらすらと答《こた》えた。

「レモンの汁《しる》の酸《さん》は、発泡《はっぽう》スチロールをとかせるんだ。それと同《おな》じように、ツメタガイは体《からだ》から出《だ》す液体《えきたい》で貝《かい》がらをとかして、うすくすることができるのさ。それじゃあ、オレはもっと向《む》こうを探《さが》してくる。小《ちい》さくなっているんだから、食《た》べられないように注意《ちゅうい》しろよ！」

そう言《い》い残《のこ》して、海鮮《うみき》は海《うみ》のほうに走《はし》り出《だ》した。

▶体験《たいけん》にもとづいて話《はな》す海鮮《うみき》。

←先《さき》に文章《ぶんしょう》を29ページまで読《よ》みましょう。


サラは、穴《あな》があいた理由《りゆう》がわかったようだ。

いったい、どんな推理《すいり》をしたのだろう？

2 **ツメタガイについて、海鮮《うみき》はどう言《い》っていますか。□に合《あ》う言葉《ことば》を文章中《ぶんしょうちゅう》からさがして書《か》きましょう。**

貝《かい》のからを□でとかしながら、□でゴリゴリとやすりのようにけずって、□を吸《す》って食《た》べてしまう。

3 **ジオが「先《さき》をこされたか!?」と言《い》ったのはなぜですか。正《ただ》しいものを一《ひと》つ選《えら》んで○をつけましょう。**

ア 食《た》べられそうな獲物《えもの》まで、巻《ま》き貝《がい》と競走《きょうそう》したが、負《ま》けてしまったから。
イ やっと出合《であ》った食《た》べられそうなものに、巻《ま》き貝《がい》が先《さき》におおいかぶさっているから。
ウ 食《た》べられそうだと思《おも》って近《ちか》よったら、中身《なかみ》がなくてからだけしかなかったから。

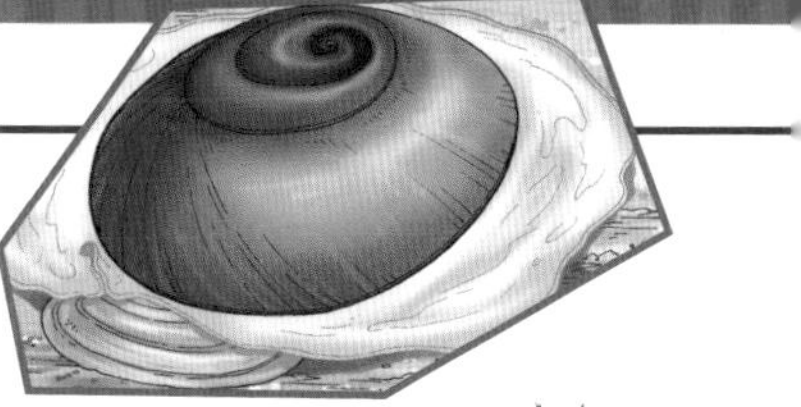

▶何《なに》かにおおいかぶさった大《おお》きな巻《ま》き貝《がい》。

ジオとサラは、食《た》べられそうなものはないかと、干潟《ひがた》に残《のこ》った水《みず》たまりを見《み》ながら歩《ある》いていた。

「うわっ、すごいのがいる！」

顔《かお》を上《あ》げたジオが、大声《おおごえ》でさけんだ。大《おお》きな巻《ま》き貝《がい》だ。

「あ、何《なに》かにおおいかぶさっているみたいよ。もしかすると、別《べつ》の貝《かい》の上《うえ》に乗《の》っておそっているんじゃない？」

サラが目《め》をこらした。

「先《さき》をこされたか⁉　もっと近《ちか》くで見《み》てみよう。」

ジオが、巻《ま》き貝《がい》のほうに向《む》かった。

小《ちい》さくなったジオの体《からだ》と比《くら》べると、小型《こがた》の自動車《じどうしゃ》ぐらいの大《おお》きさがある。茶色《ちゃいろ》っぽいからの下《した》から、ビロ〜ンと舌《した》をのばしている。その下《した》に見《み》えるのは、二枚貝《にまいがい》のアサリか何《なに》かのようだ。

「何《なに》か、音《おと》がするわ。」

サラの言葉《ことば》にジオも耳《みみ》をすました。

ガリガリ、ゴゴゴ、ゴリゴリ、ガガガ……。

やすりか何《なに》かでこするような音《おと》が、巻《ま》き貝《がい》の体《からだ》の下《した》から聞《き》こえてきた。

「でも、ギュッと閉《と》じた二枚貝《にまいがい》じゃ開《ひら》かないわよ。この巻《ま》き貝《がい》だってあきらめるんじゃない？」

そのときジオが、すぐそばで何《なに》かを見《み》つけた。

「あ、あれ！」

走《はし》りよったジオが持《も》ち上《あ》げると、アサリのからだった。持《も》ち上《あ》げたと

4 **ジオが巻《ま》き貝《がい》のそばで見《み》つけたアサリはどんな様子《ようす》でしたか。正《ただ》しいものを一《ひと》つ選《えら》んで○をつけましょう。**

ア　からの下《した》から、ビロ〜ンと舌《した》をのばしていた。

イ　二枚貝《にまいがい》の貝柱《かいばしら》がナイフか何《なに》かで切《き》られて、片側《かたがわ》だけが残《のこ》っていた。

ウ　よく見《み》ると、からに小《ちい》さな穴《あな》があいていて中身《なかみ》がなかった。

5 **穴《あな》があいたアサリのからを見《み》つけたとき、二人《ふたり》はどんなふうに観察《かんさつ》しましたか。あてはまる記号《きごう》を書《か》きましょう。**

ジオ……からが（　　）なっているところに（　　）があいている。

サラ……（　　）がついて（　　）を食《た》べたあとかもしれない。

①巻《ま》き貝《がい》　②鳥《とり》　③やすり　④二枚貝《にまいがい》　⑤うすく　⑥穴《あな》　⑦身《み》

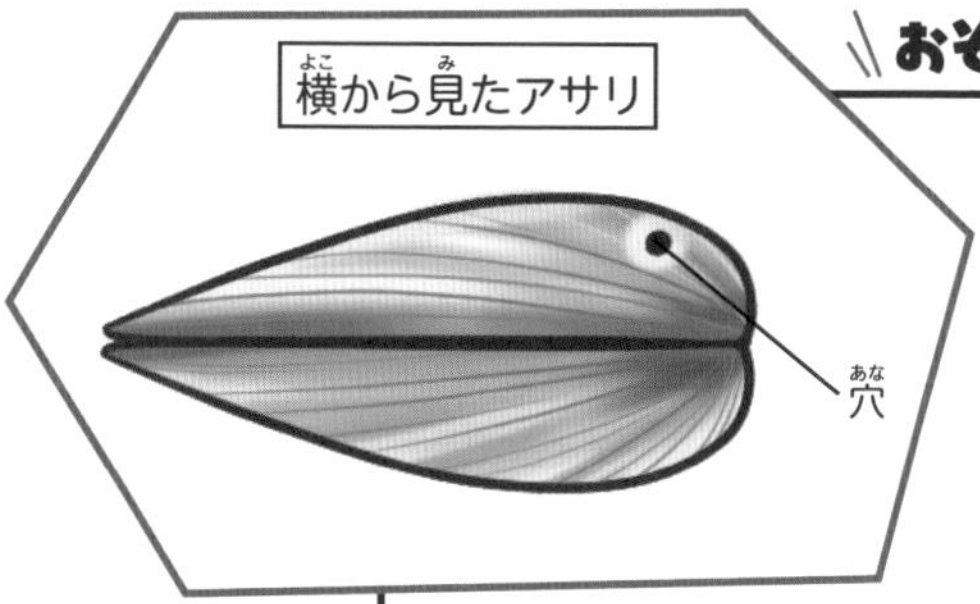

横《よこ》から見《み》たアサリ

き、からが開《ひら》いたけれど中身《なかみ》は何《なに》もなかった。よく見ると、からには小《ちい》さな穴《あな》があいている。まわりにも、同《おな》じように穴《あな》があいたアサリのからがころがっている。

「この穴《あな》、鳥《とり》がつついて身《み》を食《た》べたあとかしら？」

サラが顔《かお》を近《ちか》づけた。ジオが穴《あな》をさわりながら言《い》った。

「からがうすくなっているところに、穴《あな》があいているみたいだよ。」

貝《かい》のつなぎ目《め》のそばが、ゆるやかな斜面《しゃめん》のようにけずられていて、穴《あな》があいていた。

そのとき、二人《ふたり》の耳《みみ》にまた、ガリガリ、ゴリゴリという音《おと》が聞《き》こえてきた。ハッとしたように口《くち》に手《て》を当《あ》てたサラが、

「まさかこの音《おと》って、海鮮《うみき》が言《い》っていた……。身《み》を吸《す》って食《た》べるということは、この穴《あな》も……。」

いったい、サラはアサリのからにあいた穴《あな》について、どんな推理《すいり》をしたのだろう。

◀ジオが見《み》つけた貝《かい》がら。

ズバリ 事件解決《じけんかいけつ》！

6 アサリのからにあいた穴《あな》について、サラはどんな推理《すいり》をしたのでしょう。

見《み》つけた巻《ま》き貝《がい》は、二枚貝《にまいがい》におおいかぶさって、ゴリゴリと音《おと》を立《た》てている

ア［　　　　］で、貝《かい》のからを酸《さん》で イ［　　　　］ながら ウ［　　　　］でやすりのようにけずっているのだ。

ズバリ、アサリのからにあいていた穴《あな》は、エ［　　　　］を吸《す》って オ［　　　　］ためにツメタガイがあけた穴《あな》にちがいない！

サバイバル推理《すいり》

4 おそろしいハンター

①

ア ひがた　イ うみき
ウ まき　エ 二まい　オ あな

「干潟《ひがた》」「海鮮《うみき》」「巻《ま》き」「二枚《にまい》」「穴《あな》」と漢字《かんじ》で書《か》いても正解《せいかい》です。

まず、全体《ぜんたい》の流《なが》れをしっかりとつかみましょう。

干潟《ひがた》の貝《かい》について話《はな》した海鮮《うみき》は、海《うみ》のほうに向《む》かいました。ジオとサラは大《おお》きな巻《ま》き貝《がい》が、二枚貝《にまいがい》らしいものをおそっているところを目撃《もくげき》します。そのそばで穴《あな》のあいたアサリのからを発見《はっけん》。サラが、あけられた穴《あな》と大《おお》きな巻《ま》き貝《がい》について推理《すいり》します。

ココがポイント ②

さん、歯、身

「酸《さん》」と漢字《かんじ》で書《か》いても正解《せいかい》です。

27ページ中《なか》ほどの海鮮《うみき》の説明《せつめい》を読《よ》みましょう。

③

イ

ジオたちは、ずっと食《た》べ物《もの》を探《さが》していました。巻《ま》き貝《がい》がジオたちよりも先《さき》に獲物《えもの》にありついていたのです。

④

ウ

ジオが見《み》つけたアサリを持《も》ち上《あ》げると、からが開《ひら》いて中身《なかみ》がありませんでした。そして、からには小《ちい》さな穴《あな》があいていたことに注目《ちゅうもく》します。

⑤

ジオ……⑤、⑥
サラ……②、⑦

アサリのからは、つなぎ目《め》のそばがゆるやかな斜面《しゃめん》のようにけずられていて、うすくなったところに穴《あな》があいていました。サラは、最初《さいしょ》、鳥《とり》がつついたのかと思《おも》ったのです。

⑥

ア ツメタガイ　イ とかし
ウ 歯　エ 身　オ 食べる

ゴリゴリという音《おと》が聞《き》こえてきたとき、海鮮《うみき》の話《はなし》を思《おも》い出《だ》したサラは、二枚貝《にまいがい》におおいかぶさっているのがツメタガイだと気《き》づきました。ジオが見《み》つけたアサリのからにあいていた穴《あな》は、中身《なかみ》を吸《す》って食《た》べるためにあけたものだと推理《すいり》したのです。

海《うみ》の生《い》き物《もの》のサバイバルデータ　ツメタガイの巻《まき》

ツメタガイは、からの高《たか》さが９センチメートルほどの巻《ま》き貝《がい》です。東《ひがし》アジアから南《みなみ》アジアの沿岸《えんがん》に広《ひろ》く分布《ぶんぷ》していて、日本《にほん》では各地《かくち》の浅《あさ》い砂地《すなち》の波打《なみう》ちぎわで見《み》られます。貝《がら》がらはカタツムリのからに似《に》ていてうすく、表面《ひょうめん》はすべすべしています。

ツメタガイは、アサリなどの二枚貝《にまいがい》をおそって食《た》べる肉食《にくしょく》の貝《かい》で、おもに夜《よる》に海底《かいてい》の砂《すな》の中《なか》を動《うご》きまわって、獲物《えもの》をつかまえます。二枚貝《にまいがい》を見《み》つけると、まず、上《うえ》からおおいかぶさって、つかまえます。二枚貝《にまいがい》は食《た》べられないようにかたくからを閉《と》じて抵抗《ていこう》しますが、ツメタガイはあしの一部《いちぶ》から酸《さん》を出《だ》して、獲物《えもの》の貝《かい》がらをもろくします。そして、やすりのような歯《は》（歯舌《しぜつ》）でもろくなった貝《かい》がらをけずって、１～２ミリメートルほどの穴《あな》をあけます。この小《ちい》さな穴《あな》から口《くち》を中《なか》に入《い》れ、二枚貝《にまいがい》のやわらかい身《み》を食《た》べてしまうのです。

潮干狩《しおひが》りに行《い》くと、砂《すな》が多《おお》く掘《ほ》りやすい場所《ばしょ》にはあまり生《い》きたアサリがいなくて、小石《こいし》まじりの掘《ほ》りにくい場所《ばしょ》に多《おお》く見《み》られることがよくあります。これは、掘《ほ》りやすい場所《ばしょ》のアサリをツメタガイが食《た》べてしまっているからだともいわれます。実際《じっさい》にツメタガイが二枚貝《にまいがい》を大量《たいりょう》に食《た》べてしまう漁業被害《ぎょぎょうひがい》も報告《ほうこく》されています。

ツメタガイの卵《たまご》のかたまりは、「砂茶《すなぢゃ》わん」という名前《なまえ》で知《し》られています。砂《すな》でできていますが、しっかりと固《かた》められています。直径《ちょっけい》は10センチメートルほど。小《ちい》さな卵《たまご》が３万個以上《まんこいじょう》もふくまれています。浅《あさ》い海《かい》底《てい》の砂《すな》の中《なか》でつくられますが、波《なみ》で打《う》ち上《あ》げられたものが、砂浜《すなはま》でよく見《み》られます。

▲ツメタガイの卵《たまご》のかたまり「砂茶《すなぢゃ》わん」。

その後《ご》のストーリー

帰《かえ》ってきた海鮮《うみき》に、サラが自分《じぶん》の推理《すいり》を話《はな》すと、「その通《とお》りさ。」とサラをほめた。

「はっきりわかってないけど、ツメタガイは何時間《なんじかん》もかけて一《ひと》つの貝《かい》に穴《あな》をあけるらしいんだ。下《した》になった獲物《えもの》は、からを歯《は》でけずる『ゴリゴリ』って音《おと》をずっと聞《き》かされるんだぜ。」という海鮮《うみき》の言葉《ことば》に「おそろしいハンターだ！」と、ジオが顔《かお》をしかめた。

「あんな大《おお》きな体《からだ》で上《うえ》から乗《の》られたら、身動《みうご》きできないしね。」とジオが言《い》ったとき、サラが後《うし》ろを向《む》いて悲鳴《ひめい》をあげた。「ツメタガイが近《ちか》づいてきたわ！」

どうやら、三人《さんにん》を見《み》つけて、食《た》べようとしているらしい。

「走《はし》れ！」

自分《じぶん》たちがツメタガイのエサにならないように、三人《さんにん》は必死《ひっし》で逃《に》げたよ。

5 どろ水《みず》がふき上《あ》がる穴《あな》

いつの間《ま》にか、干潟《ひがた》に潮《しお》が満《み》ちてきて、小《ちい》さくなっていたジオたちは腰《こし》まで海水《かいすい》につかっていた。

「大変《たいへん》だ。このままじゃ、おぼれちゃうぞ。」

海鮮《うみき》が言《い》うと、ジオが自信満々《じしんまんまん》で答《こた》えた。

「ジャーン!!　何《なん》のために、この息《いき》ができるヘルメットがついていると思《おも》ってるのかな？　海《うみ》の中《なか》を調査《ちょうさ》するために決《き》まってるじゃないか。」

「あ、ほんとね。どろに足《あし》をとられながら歩《ある》くより、海中《かいちゅう》のほうが動《うご》きやすいかもしれない。」

サラはそう言《い》うと、さっそく前《まえ》へ進《すす》んだ。

▶ヘルメットを自慢《じまん》するジオ。

「あれは、何《なに》？」

サラが指《ゆび》さすほうには、火山《かざん》の噴火口《ふんかこう》のようにふちがもり上《あ》がった穴《あな》があった。見《み》ている最中《さいちゅう》もその穴《あな》から、噴火《ふんか》のようにブワーッとどろ水《みず》がふき上《あ》げられる。

三人《さんにん》が近《ちか》づいて穴《あな》の中《なか》をのぞこうとすると、またブワーッとふき上《あ》がった。

推理《すいり》した日　□月□日

?! 文章全体《ぶんしょうぜんたい》を読《よ》んでまとめよう

1 どんな事件《じけん》が起《お》きたのか、□をうめて、まとめましょう。

ジオ、サラ、海鮮《うみき》は、海《うみ》の中《なか》で

ア なんの？ □ の噴火口《ふんかこう》のような穴《あな》を見《み》つけた。

その穴《あな》からは、ブワーッと イ なにが？ □ がふき上《あ》がっていた。

別《べつ》の穴《あな》に落《お》ちた ウ だれを？ □ を助《たす》けに行《い》くと、

そこは エ なんの？ □ の巣《す》で、オ なにが？ □ が天井《てんじょう》からぶら下《さ》がり、

「熱《あつ》くはないから、海底火山《かいていかざん》じゃないね。」

ジオが穴《あな》に手《て》をかざして言《い》うと、海鮮《うみき》が続《つづ》けた。

「時間《じかん》をあけて、どろ水《みず》がふき上《あ》がるね。」

ジオが近《ちか》くの小石《こいし》を拾《ひろ》って、タイミングをはかって穴《あな》の中《なか》に落《お》とすと……、
ブワーッ！

ふん水《すい》のようなどろ水《みず》が、小石《こいし》をふき上《あ》げた。

「規則正《きそくただ》しい間隔《かんかく》でふき上《あ》がってるぞ！」

自分《じぶん》の計算《けいさん》がピタリと当《あ》たって、ジオが得意気《とくいげ》にさけんだ。

「もしかすると、なぞの生《い》き物《もの》がいるのかもしれないぜ！」

海鮮《うみき》も負《ま》けじと言《い》う。

◀サラが消《き》えた穴《あな》に近《ちか》づいた二人《ふたり》。

そのときだった……。

「あぁーーーー。」

少《すこ》し離《はな》れたところを歩《ある》いていたサラが、バランスをくずして穴《あな》の中《なか》に落《お》ちてしまった！

「サラーーっ！」

二人《ふたり》が急《いそ》いで近《ちか》づくと、その穴《あな》は、先《さき》ほどの噴火口《ふんかこう》のような穴《あな》よりもずいぶん大《おお》きく、どろ水《みず》もふき上《あ》がっていなかった。

▶穴《あな》からどろ水《みず》がふき上《あ》がっている。

⬅先《さき》に文章《ぶんしょう》を35ページまで読《よ》みましょう。

母《はは》ダコがいた。巣《す》の奥《おく》まで行《い》ったジオは、穴《あな》からふき上《あ》がっていたどろ水《みず》の正体《しょうたい》がわかったようだ。いったい、それは何《なん》なのだろう？

2 **火山《かざん》の噴火口《ふんかこう》のような穴《あな》はどんな様子《ようす》でしたか。正《ただ》しいものを一《ひと》つ選《えら》んで○をつけましょう。**

ア 海底火山《かいていかざん》のように、熱《あつ》い湯《ゆ》がふき上《あ》がっている。
イ 冷《つめ》たい水《みず》が、とぎれることなくずっとふき上《あ》がっている。
ウ 規則正《きそくただ》しい間隔《かんかく》で、どろ水《みず》がふき上《あ》がっている。

3 **サラが落《お》ちた穴《あな》はどんな様子《ようす》でしたか。正《ただ》しいものを一《ひと》つ選《えら》んで○をつけましょう。**

ア 火山《かざん》の噴火口《ふんかこう》のようにふちがもり上《あ》がっている。
イ 先《さき》ほどの噴火口《ふんかこう》のような穴《あな》よりもずいぶん大《おお》きい。
ウ 噴火《ふんか》のようにブワーッとどろ水《みず》がふき上《あ》がっている。

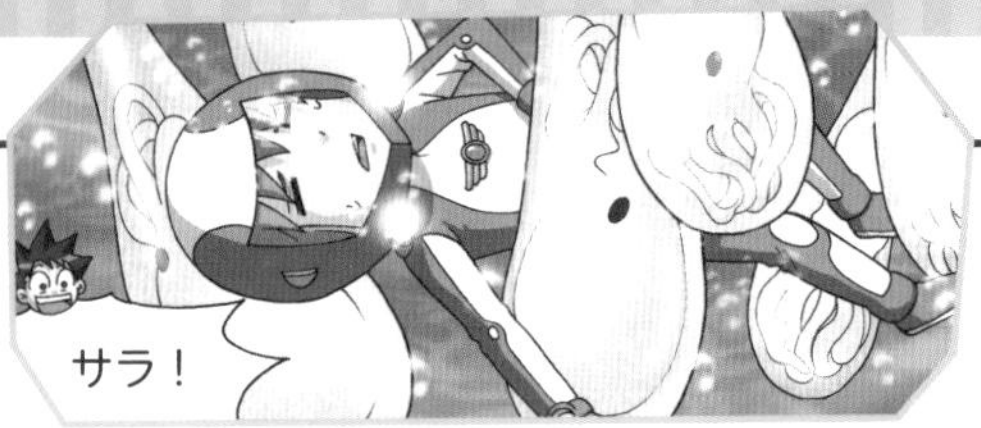

◀気《き》を失《うしな》っていたサラ。

サラを追《お》って穴《あな》の中《なか》に入《はい》った二人《ふたり》の前《まえ》にいたのは、

「あっ、タコだ！」

ジオのさけびに続《つづ》けて、海鮮《うみき》が言《い》った。

「こいつはテナガダコだ！　どろの中《なか》に穴《あな》を掘《ほ》って巣《す》にするんだ。」

二人《ふたり》は巣《す》の中《なか》を、静《しず》かに進《すす》んだ。

「あそこだ！　あの風船《ふうせん》の間《あいだ》にサラがいる！　サラ！」

天井《てんじょう》からたくさんぶら下《さ》がる小《ちい》さな風船《ふうせん》のようなものを見《み》て、ジオがさけんだ。サラはその間《あいだ》にひっかかって気《き》を失《うしな》っている。

サラのそばにジオがたどり着《つ》いた、そのときだった。

ブワーッ！　ものすごい勢《いきお》いで奥《おく》のほうへ水《みず》が動《うご》いた。

その水《みず》の勢《いきお》いで、ジオはサラといっしょに投《な》げ出《だ》された。

「わっ、ここは、どこ？　いったいワタシは、どうなったの？」

気《き》がついたサラが言《い》うと、海鮮《うみき》が天井《てんじょう》を指《ゆび》さした。

「あっ！　あれは、タコの卵《たまご》！　そうか、ここはテナガダコの巣《す》の中《なか》ね。赤《あか》ちゃんが、もうすぐ生《う》まれそうよ。」

サラは、自分《じぶん》のいる場所《ばしょ》や、卵《たまご》の様子《ようす》まで一瞬《いっしゅん》で理解《りかい》した。

テナガダコは長《なが》い足《あし》を器用《きよう》に動《うご》かして、卵《たまご》を静《しず》かにゆすっているように見《み》えた。

「母《はは》ダコは足《あし》でゆすって、卵《たまご》にゴミがつかないようにしながら、新鮮《しんせん》な海水《かいすい》を送《おく》って卵《たまご》に酸素《さんそ》が行《い》きわたるように世話《せわ》をして

▶穴《あな》の中《なか》で見《み》たものは……。

4 **穴《あな》に落《お》ちたサラは、見《み》つかったとき どこにいましたか。正《ただ》しいものを一《ひと》つ選《えら》んで○をつけましょう。**

ア 天井《てんじょう》からぶら下《さ》がった風船《ふうせん》の間《あいだ》。

イ 天井《てんじょう》からぶら下《さ》がったテナガダコの卵《たまご》の間《あいだ》。

ウ テナガダコの長《なが》い足《あし》の間《あいだ》。

5 **母《はは》ダコは、巣《す》の中《なか》でどんなことをしていましたか。（　）にあてはまる記号《きごう》を書《か》きましょう。**

母《はは》ダコは（　　）を使《つか》い、（　　）からぶら下《さ》がった（　　）をゆすって（　　）がつかないようにしながら、新鮮《しんせん》な海水《かいすい》を送《おく》って卵《たまご》に（　　）が行《い》きわたるようにしていた。

①長《なが》い足《あし》　②天井《てんじょう》　③穴《あな》　④卵《たまご》　⑤タコの赤《あか》ちゃん　⑥父《ちち》ダコ　⑦敵《てき》　⑧ゴミ　⑨酸素《さんそ》　⑩水《みず》

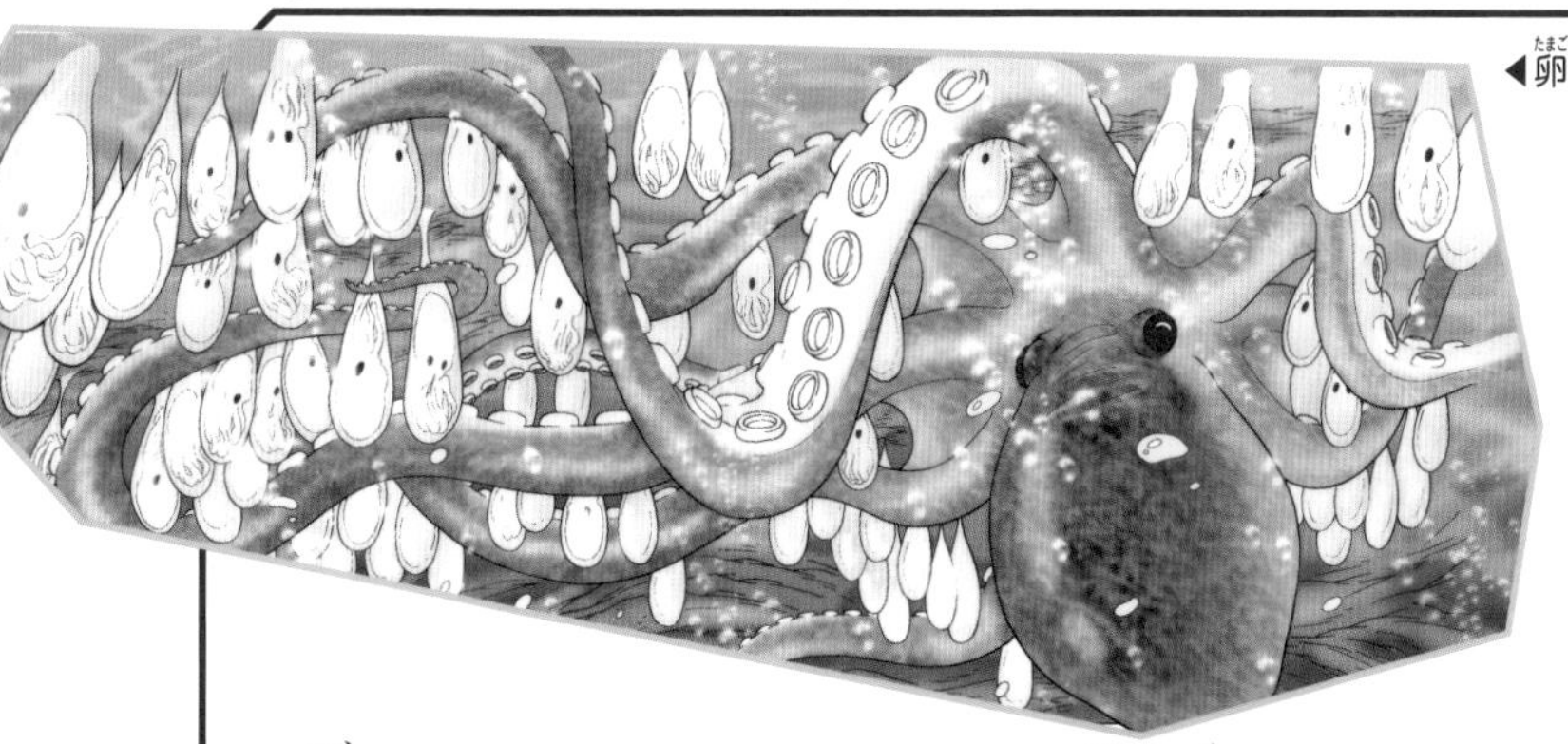

◀卵《たまご》の世話《せわ》をするテナガダコの母親《ははおや》。

いるのね。」

サラが説明《せつめい》した、次《つぎ》の瞬間《しゅんかん》だった。

ブワーッ！

母《はは》ダコが呼吸《こきゅう》のためにふき出《だ》した水《みず》が、まわりのどろとまざって勢《いきお》いよく流《なが》れた。そのまま、自分《じぶん》たちが入《はい》ってきた穴《あな》とは反対側《はんたいがわ》の奥《おく》のほうへ流《なが》れていった。すると突然《とつぜん》、ジオが何《なに》かひらめいたように言《い》った。

「この奥《おく》がどうなっているのか、見《み》てくるよ。」

　しばらくすると、歩《ある》いていったほうではなく、さっき入《はい》ってきた穴《あな》のほうから、ジオがやってきた。

「あれ？　どこから来《き》たの？」

サラが聞《き》くと、ジオが話《はな》し始《はじ》めた。

「奥《おく》に進《すす》むと、のぼり坂《ざか》になっていて、さっき外《そと》で見《み》た噴火口《ふんかこう》みたいな穴《あな》に出《で》たんだよ。この巣《す》は、トンネルみたいな一本《いっぽん》の道《みち》になっているんだ。ふん水《すい》の正体《しょうたい》もわかったよ！」

　さて、ふき上《あ》がるどろ水《みず》について、ジオはどんなことがわかったのだろう。

6 **ジオは、ふき上《あ》がるどろ水《みず》について、何《なに》がわかったのでしょう。**

テナガダコの巣《す》は、ア［　　　］みたいな一本《いっぽん》の道《みち》だ。巣《す》の奥《おく》は、さっき外《そと》で見《み》た、イ［　　　］みたいな穴《あな》につながっていた。

ズバリ、ウ［　　　］がエ［　　　］のためにふき出《だ》した水《みず》が、まわりのオ［　　　］とまざって、その穴《あな》からふき上《あ》がっていたのだ！

サバイバル推理

5 どろ水《みず》がふき上《あ》がる穴《あな》

解答《かいとう》&解説《かいせつ》

❶

㋐火山 ㋑どろ水 ㋒サラ
㋓テナガダコ ㋔たまご

「卵《たまご》」と漢字《かんじ》で書《か》いても正解《せいかい》です。

まず、全体《ぜんたい》の流《なが》れをしっかりとつかみましょう。

ジオたちは、ふん水《すい》のようにどろ水《みず》がふき上《あ》がる穴《あな》を見《み》つけました。そのあとにサラが落《お》ちた穴《あな》は、テナガダコの巣《す》で、天井《てんじょう》から卵《たまご》がぶら下《さ》がっていました。巣《す》の奥《おく》まで行《い》ったジオは穴《あな》のひみつがわかったようです。

❷

㋒

33ページで、ジオは穴《あな》に手《て》をかざして温度《おんど》を確《たし》かめました。海鮮《うみき》は「時間《じかん》をあけて、どろ水《みず》がふき上《あ》がるね」と言《い》っています。㋐と㋑がちがいます。

❸

㋑

サラが落《お》ちた穴《あな》と、噴火口《ふんかこう》のような穴《あな》のちがいを、ここでおさえましょう。

❹

㋑

34ページ左上《ひだりうえ》のイラストを見《み》ると、サラの様子《ようす》がわかります。㋐は、実際《じっさい》には風船《ふうせん》ではないのでちがいます。

❺

①、②、④、⑧、⑨

母《はは》ダコは巣《す》の中《なか》で卵《たまご》の世話《せわ》をしています。卵《たまご》をゆすってゴミがつかないようにすることと、卵《たまご》に新鮮《しんせん》な海水《かいすい》を送《おく》って酸素《さんそ》が行《い》きわたるようにすることについて、サラが34ページで話《はな》しています。母《はは》ダコの行動《こうどう》とそのねらいを読《よ》みとりましょう。

❻

㋐トンネル ㋑ふん火口
㋒母ダコ ㋓こきゅう
㋔どろ

「噴火口《ふんかこう》」「呼吸《こきゅう》」と漢字《かんじ》で書《か》いても正解《せいかい》です。

母《はは》ダコがふき出《だ》した水《みず》とどろがまざって、巣《す》の奥《おく》のほうに流《なが》れていったのを見《み》て、奥《おく》がどうなっているのか、ジオは確《たし》かめにいきました。外《そと》に出《で》てみたら、そこが先《さき》ほど見《み》た噴《ふん》火口《かこう》みたいな穴《あな》だったとわかって、ふき上《あ》がるどろ水《みず》のなぞが解《と》けたというわけです。

海《うみ》の生《い》き物《もの》のサバイバルデータ　テナガダコの巻《まき》

テナガダコは、体長《たいちょう》50～60センチメートルのタコで、北海道《ほっかいどう》から九州《きゅうしゅう》、朝鮮半島《ちょうせんはんとう》の沿岸《えんがん》で見《み》られます。岩場《いわば》よりもどろ底《ぞこ》の海《うみ》を好《この》みます。韓国《かんこく》では家庭料理《かていりょうり》の食材《しょくざい》としてよく使《つか》われるので、海鮮市場《かいせんいちば》やスーパーマーケットで売《う》られています。日本《にほん》の家庭《かてい》では、あまり食《た》べられていません。

体《からだ》の形《かたち》はマダコやミズダコに比《くら》べると足《あし》がとても長《なが》く、胴《どう》が細長《ほそなが》く見《み》えます。実《じつ》はタコやイカは、頭《あたま》のように見《み》える部分《ぶぶん》が胴《どう》で、頭《あたま》は足《あし》のつけねの部分《ぶぶん》にあり、口《くち》は足《あし》のつけねの真《ま》ん中《なか》にあります。

テナガダコは、海底《かいてい》のどろを掘《ほ》って作《つく》ったトンネルのような巣《す》にすんでいます。巣《す》の片側《かたがわ》の端《はし》に出《で》入《い》り口《ぐち》の穴《あな》があり、反対側《はんたいがわ》に呼吸《こきゅう》のための水《みず》が出《で》入《い》りする穴《あな》があります。巣《す》の大《おお》きさはタコの大《おお》きさによってさまざまですが、大《おお》きなものは、直径《ちょっけい》15センチメートル、長《なが》さ1.5メートルにもなります。

▲テナガダコの巣《す》を横《よこ》から見《み》たイメージ。

春《はる》や夏《なつ》には、波打《なみう》ちぎわに近《ちか》くて、引《ひ》き潮《しお》のときに干潟《ひがた》になるような場所《ばしょ》に巣《す》を作《つく》ります。秋《あき》から冬《ふゆ》の間《あいだ》は海《うみ》の少《すこ》し深《ふか》い場所《ばしょ》にうつります。夏《なつ》から秋《あき》に、大人《おとな》になったメスは巣《す》で100～180個《こ》ほどの卵《たまご》を産《う》み、巣《す》の天井《てんじょう》につるして子育《こそだ》てをします。

卵《たまご》は長《なが》さ2センチメートルほどです。2か月《げつ》くらいで卵《たまご》から3センチメートルほどの子《こ》ダコが生《う》まれますが、それまで母《はは》ダコは巣《す》から出《で》ず、何《なに》も食《た》べずに卵《たまご》の世話《せわ》をし、敵《てき》から守《まも》っています。生《う》まれた子《こ》ダコは巣《す》から出《で》て自分《じぶん》の巣《す》を作《つく》りますが、ほとんどの母《はは》ダコは子《こ》ダコが誕生《たんじょう》するころには寿命《じゅみょう》がつきて死《し》んでしまうのです。

その後《ご》のストーリー

「見《み》て！　赤《あか》ちゃんが生《う》まれる！」

ジオが卵《たまご》を見《み》て叫《さけ》んだ。あちらでもこちらでも、卵《たまご》から水《みず》の中《なか》へと、赤《あか》ちゃんが次々《つぎつぎ》と生《う》まれ出《で》ている。

三人《さんにん》は赤《あか》ちゃんの誕生《たんじょう》に見入《みい》った。

「あれ、ブワーッがなくなってる？」

海鮮《うみき》が周囲《しゅうい》を見《み》わたして言《い》った。気《き》がつくと、母《はは》ダコが水《みず》をふき出《だ》していない。三人《さんにん》が天井《てんじょう》を見上《みあ》げたちょうどそのとき、母《はは》ダコが力《ちから》つきたように落《お》ちてきた。

サラが、静《しず》かに話《はな》し始《はじ》めた。

「母《はは》ダコは死《し》んだのよ。飲《の》まず食《く》わずで、卵《たまご》の世話《せわ》をしているから、赤《あか》ちゃんが生《う》まれるころに死《し》んでしまうタコがほとんどなの。」

三人《さんにん》は、母《はは》ダコの愛《あい》の強《つよ》さに感動《かんどう》していたよ。

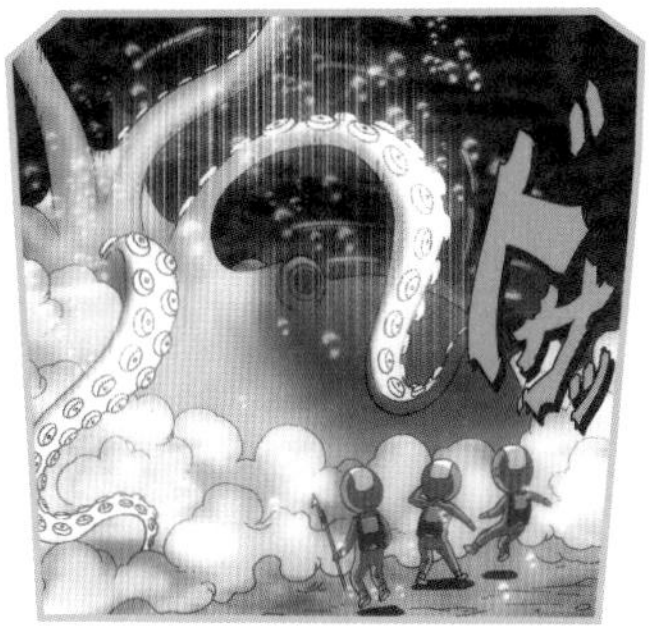

サバイバル推理《すいり》

6 ジオを刺《さ》したのは何《なに》？

ジオは友《とも》だちのピピと、海《うみ》の生《い》き物《もの》がたくさんいる水族館《すいぞくかん》に見学《けんがく》に来《き》た。この水族館《すいぞくかん》には、干潟《ひがた》の探検《たんけん》ですっかり仲良《なかよ》くなった海鮮《うみき》が見習《みなら》いで働《はたら》いていて、今日《きょう》は二人《ふたり》を案内《あんない》してくれるのだ。

「うわー!! 干潟《ひがた》もおもしろかったけど、海《うみ》の生《い》き物《もの》がたくさんいる水族館《すいぞくかん》の迫力《はくりょく》はすごいね〜！」

ジオが大《おお》きな水《すい》そうを見《み》ながらはしゃぐと、海鮮《うみき》が思《おも》い出《だ》すように言《い》った。

「無事《ぶじ》に元《もと》の体《からだ》の大《おお》きさにもどれたけど、探査服《たんさふく》で小《ちい》さくなるってすごい体験《たいけん》だったよね。」

「え〜、なんでワタシも干潟《ひがた》に呼《よ》んでくれなかったの？」

と、ピピが不満《ふまん》そうなので、海鮮《うみき》はあわてて話《はなし》をそらした。

「そうだ、水《すい》そうの中《なか》に入《はい》って、魚《さかな》たちにエサやり体験《たいけん》ができるんだけど、やってみないか。」

海鮮《うみき》のさそいに、二人《ふたり》とも大賛成《だいさんせい》！ さっそく、水中《すいちゅう》にもぐるため、ウェットスーツに着替《きが》えた。

▶水族館《すいぞくかん》に来《き》たジオとピピ。案内《あんない》する海鮮《うみき》（左《ひだり》はし）。

推理《すいり》した日《ひ》 [ ]月 [ ]日

?! 文章全体《ぶんしょうぜんたい》を読《よ》んでまとめよう

① どんな事件《じけん》が起《お》きたのか、□をうめて、まとめましょう。

ジオと ア だれ？ [ ] は、海鮮《うみき》が働《はたら》いている イ どこに？ [ ] にやって来《き》た。魚《さかな》たちへの ウ なに？ [ ] やり体験《たいけん》で、水《すい》そうに入《はい》った。

そこで エ だれが？ [ ] が何《なに》かに刺《さ》されて、激《はげ》しい痛《いた》みにおそわれ気《き》を失《うしな》った。

いったい、何《なに》に刺《さ》されたのだろう？

「水《すい》そうに入《はい》る前《まえ》に、注意《ちゅうい》してほしいことがあるんだ。」
海鮮《うみき》がまじめな顔《かお》で説明《せつめい》を始《はじ》めた。
「毒《どく》を持《も》つ危険《きけん》な魚《さかな》がいるんだ。ひれと体《からだ》がしまもようのミノカサゴと体《からだ》がまだらもようのアイゴは、ひれに毒《どく》のあるとげを持《も》っている。ゴンズイも、背《せ》びれと胸《むな》びれのとげに毒《どく》がある。この三種類《さんしゅるい》は絶対《ぜったい》にさわらないこと！ 絵《え》も見《み》ておいてね。ほかにも、クラゲやアカエイにもさわっちゃだめだよ。」
早《はや》く水《すい》そうに入《はい》りたい二人《ふたり》は、海鮮《うみき》の説明《せつめい》もよく聞《き》かず、落《お》ち着《つ》きなくウェットスーツや足《あし》ひれをさわっていた。

◀目《め》をみはるジオ。


ザッブーン！

勢《いきお》いよく水《みず》に飛《と》びこんだジオは、どんどん泳《およ》いでいった。カラフルな魚《さかな》が上下左右《じょうげさゆう》に泳《およ》いでいる。水《すい》そうの外側《そとがわ》からながめるのとは、まったくちがう世界《せかい》だった。

「うわぁ～、きれいだ。」

ジオは、目《め》を見《み》はった。

ジオがふり返《かえ》ると、後《うし》ろには海鮮《うみき》がいた。

ところが、ピピの姿《すがた》が見《み》えない……。

▶海鮮《うみき》が見《み》せた絵《え》。上《うえ》からミノカサゴ、アイゴ、ゴンズイ。

←先《さき》に文章《ぶんしょう》を41ページまで読《よ》みましょう。

2 **危険《きけん》な魚《さかな》について海鮮《うみき》の説明《せつめい》をまとめます。名前《なまえ》に合《あ》う特徴《とくちょう》を（　）に記号《きごう》で書《か》きましょう。**

ミノカサゴ（　　）
ゴンズイ（　　）
アイゴ（　　）

ア しまもようのひれと体《からだ》
イ まだらもようの体《からだ》
ウ 背《せ》びれと胸《むな》びれのとげに毒《どく》がある

3 **問題《もんだい》2の魚《さかな》のほかにも、さわってはいけない生《い》き物《もの》がいると、海鮮《うみき》は説明《せつめい》しています。二《ふた》つ書《か》きましょう。**

▶空気《くうき》のタンクをつけずに泳《およ》ぐピピ。

「へへ！」

ピピが、さっきまで着《き》ていたウェットスーツを脱《ぬ》いで、空気《くうき》のタンクもつけずに泳《およ》いでいた。ジオがさけんだ。

「ピピ！」

海鮮《うみき》が怒《おこ》っている。ジオは、ピピが海《うみ》に慣《な》れていることを知《し》っているので心配《しんぱい》しなかったが、海鮮《うみき》は本気《ほんき》だ。

「あぶない！　後《うし》ろに気《き》をつけて！」

ピピの後《うし》ろには、大《おお》きなエイの姿《すがた》があった。

「アカエイだ！　しっぽにある毒針《どくばり》に刺《さ》されると、痛《いた》いだけじゃない。刺《さ》されて死《し》ぬこともあるぐらい危険《きけん》なんだ！」

海鮮《うみき》が必死《ひっし》で言《い》うが、水中《すいちゅう》だと声《こえ》が伝《つた》わらない。なんとかピピをエイから離《はな》そうと、海鮮《うみき》は身振《みぶ》り手振《てぶ》りで必死《ひっし》に伝《つた》えた。

ジオも海鮮《うみき》も、ピピの動《うご》きをヒヤヒヤしながら見《み》ていたが、エイはゆっくりとピピから離《はな》れていった。

そのときだった。

チクッ！

ジオの指先《ゆびさき》に、やけどのようなするどい痛《いた》みが走《はし》った。右手《みぎて》の指《ゆび》に小《ちい》さく赤《あか》いあとがある。

「しまった、アカエイにやられたかもしれない……。」

すると、ジオの視界《しかい》の端《はし》を、しまもようの布《ぬの》のようなものがひらひら

◀ジオの右手《みぎて》の指《ゆび》に、血《ち》がにじみ始《はじ》めた。

4 **ピピの姿《すがた》が見《み》えなくなったのはなぜだと考《かんが》えられますか。あてはまるもの一《ひと》つを選《えら》んで○をつけましょう。**

ア 着《き》ていたウェットスーツを脱《ぬ》いでいたから。
イ 毒《どく》を持《も》つ魚《さかな》がこわくなって逃《に》げたから。
ウ 泳《およ》げないので水《すい》そうの外《そと》で待《ま》っていたから。

5 **水《すい》そうの中《なか》で起《お》こったことを、順番《じゅんばん》にならべます。あてはまる記号《きごう》を書《か》きましょう。**

ピピが空気《くうき》のタンクをつけずに泳《およ》いでいた。→（　）→（　）→（　）→（　）→（　）→ジオが気《き》を失《うしな》った。

① ジオの視界《しかい》の端《はし》を、しまもようの布《ぬの》のようなものが横切《よこぎ》った。
② ジオの指先《ゆびさき》にするどい痛《いた》みが走《はし》った。
③ アカエイがピピから離《はな》れた。
④ ピピの後《うし》ろにアカエイの姿《すがた》があった。
⑤ ジオのレギュレーターがはずれた。

＼ジオを刺《さ》したのは何《なに》？／

▶痛《いた》みが激《はげ》しくなり、体《からだ》もしびれ始《はじ》めた。

と横切《よこぎ》ったが、すぐに消《き》えた。

「あれ？　海《かい》そうか何《なに》かかな？」

考《かん》えている間《あいだ》に、痛《いた》みがひどくなってきた。

しばらくすると、息《いき》をするのも苦《くる》しくなって、もがくうちに、レギュレーター【注①】が口《くち》からはずれて目《め》の前《まえ》が真《ま》っ暗《くら》になった。

気《き》がつくと、ジオは水族館《すいぞくかん》の救護室《きゅうごしつ》のベッドで寝《ね》ていた。

「水中《すいちゅう》で気《き》を失《うしな》ったジオを、海鮮《うみき》が救《すく》ってくれたんだよ！」

ピピの言葉《ことば》に、ジオもようやく先《さき》ほどのできごとを思《おも》い出《だ》した。

「チクッて、とげみたいなものに刺《さ》されたような気《き》がしたんだ。すぐに、がまんできないくらい痛《いた》くなって……。」

「何《なに》か見《み》なかったか？　刺《さ》された相手《あいて》によって治療法《ちりょうほう》がちがうんだ。」

海鮮《うみき》が真剣《しんけん》な様子《ようす》で聞《き》く。

「うーん、しまもようの布《ぬの》の切《き》れ端《はし》みたいなものがちらっと見《み》えたよ。」

「よし、わかった！」

海鮮《うみき》は、ジオを刺《さ》した相手《あいて》がわかったようだ。いったいそれは、何《なん》だろう。

【注①】レギュレーター…水中《すいちゅう》で、タンクの空気《くうき》で呼吸《こきゅう》するために、口《くち》とタンクをつなぐ器具《きぐ》。

◀気《き》がつくと、ジオは救護室《きゅうごしつ》のベッドで寝《ね》ていた。

6 海鮮《うみき》は、ジオを刺《さ》した相手《あいて》について、どんな推理《すいり》をしたのでしょう。

ジオは ア［　　］みたいなものに刺《さ》されて痛《いた》みを感《かん》じたときに、イ［　　］の ウ［　　］の切《き》れ端《はし》みたいなものを見《み》たという。

ズバリ、ジオを刺《さ》した相手《あいて》は、目立《めだ》つしまもようでひれに毒《どく》のあるとげを持《も》つ エ［　　］にちがいない！

サバイバル推理《すいり》

6 ジオを刺《さ》したのは何《なに》っ？

解答《かいとう》&解説《かいせつ》

❶

㋐ ピピ　㋑ 水族館　㋒ エサ
㋓ ジオ

まず、全体《ぜんたい》の流《なが》れをしっかりとつかみましょう。
ジオとピピは、海鮮《うみき》のいる水族館《すいぞくかん》に来《き》て、魚《さかな》たちにエサやり体験《たいけん》をすることになりました。毒《どく》のある魚《さかな》について海《うみ》鮮《き》が説明《せつめい》します。ウェットスーツをぬいだピピのそばに、アカエイが来《き》ました。その直後《ちょくご》にジオが何《なに》かに刺《さ》されて、はげしい痛《いた》みを感《かん》じ、気《き》を失《うしな》ってしまいました。

ココがポイント

❷

ミノカサゴ㋐
ゴンズイ㋒　アイゴ㋑

39ページの海鮮《うみき》の説明《せつめい》と、その下《した》の魚《さかな》の絵《え》をよく見《み》て、特徴《とくちょう》を確《たし》かめましょう。

❸

クラゲ　アカエイ

✎ 順序《じゅんじょ》がちがっても正解《せいかい》です。

39ページの海鮮《うみき》の説明《せつめい》は長《なが》いので、生《い》き物《もの》の名前《なまえ》の横《よこ》に線《せん》を引《ひ》いておくとわかりやすくなります。

❹

㋐

ピピは、ウェットスーツを脱《ぬ》ぐためにどこかに行《い》っていたので、姿《すがた》が見《み》えなかったのです。

❺

④、③、②、①、⑤

ピピはアカエイに刺《さ》されずにすみましたが、ジオは何《なに》かに刺《さ》されてしまい、大変《たいへん》な状態《じょうたい》になりました。水《すい》そうの中《なか》で起《お》きたことを整理《せいり》して、ジオを刺《さ》した相手《あいて》を考《かんが》えます。

❻

㋐ とげ　㋑ しまもよう
㋒ ぬの　㋓ ミノカサゴ

✎ 「布《ぬの》」と漢字《かんじ》で書《か》いても正解《せいかい》です。

ジオが見《み》た「しまもようの布《ぬの》の切《き》れ端《はし》みたいなもの」とは、ずばりミノカサゴのひれです。
39ページで海鮮《うみき》が説明《せつめい》した、毒《どく》を持《も》つ魚《さかな》の特徴《とくちょう》を読《よ》むと、ジオを刺《さ》したものがわかります。

ここまでやったキミは、海《うみ》の生《い》き物《もの》についてだいぶわかってきたんじゃないかな？残《のこ》りの推理《すいり》もがんばろう！

海《うみ》の生《い》き物《もの》のサバイバルデータ　ミノカサゴの巻《まき》

ミノカサゴは体長《たいちょう》25～30センチメートルほどの海水魚《かいすいぎょ》で、北太平洋西部《きたたいへいようせいぶ》の暖《あたた》かい海《うみ》にすんでいます。日本《にほん》では、北海道南部《ほっかいどうなんぶ》以南《いなん》の沿岸《えんがん》の岩礁《がんしょう》やサンゴ礁《しょう》で見《み》られます。夜《よる》に動《うご》きまわってほかの魚《さかな》やエビなどを食《た》べ、昼間《ひるま》は岩《いわ》のすきまや、海《かい》そうのかげ、カイメンなどの中《なか》などにかくれています。

細《こま》かいしまもようと、ひらひらとしたひれでゆっくりと泳《およ》ぐ姿《すがた》は、とてもきれいでおとなしそうに見《み》えます。しかし、背《せ》びれや腹《はら》びれ、しりびれに毒《どく》のとげを持《も》っていて、危険《きけん》な魚《さかな》です。かくれているのに気《き》づかずにさわってしまったり、おとなしいと思《おも》ってさわったりすると、とげに刺《さ》されてひどい痛《いた》みにおそわれます。また、追《お》いつめたりすると、背《せ》びれをこちらに向《む》けて、おどかすように近《ちか》づいてくることもあります。

刺《さ》されたときは、命《いのち》にかかわることもあるので、ひどい場合《ばあい》には病院《びょういん》で治療《ちりょう》が必要《ひつよう》になります。応急処置《おうきゅうしょち》としては、45℃以上《いじょう》の湯《ゆ》に刺《さ》されたところを1時間《じかん》くらいつけます。こうすると、熱《ねつ》によって毒《どく》が分解《ぶんかい》され、症状《しょうじょう》が少《すこ》しやわらぎます。

ミノカサゴの仲間《なかま》は、海底《かいてい》の小魚《こざかな》や小《ちい》さなエビなどを食《た》べます。獲物《えもの》を探《さが》すときには、逆立《さかだ》ちするような姿勢《しせい》によくなります。頭《あたま》をななめ下《した》にしてひれを大《おお》きく広《ひろ》げ、海底《かいてい》から少《すこ》し離《はな》れたところをただようように、ゆっくりと泳《およ》ぐのです。こうすると、動《うご》きが少《すく》ないので、下《した》にいる獲物《えもの》に気《き》づかれにくいようです。大《おお》きな目《め》で海底《かいてい》の獲物《えもの》を探《さが》し、ねらいを定《さだ》めると、一気《いっき》に近《ちか》づいて、海水《かいすい》ごと吸《す》い込《こ》み、飲《の》み込《こ》んでしまいます。

▲派手《はで》なしまもようで、毒《どく》を持《も》っていることをまわりに警告《けいこく》しているミノカサゴ。

その後《ご》のストーリー

「痛《いた》みもおさまったよ。ありがとう。」ジオは救護室《きゅうごしつ》の先生《せんせい》にお礼《れい》を言《い》うと、みんなといっしょに、さっきの水《すい》そうの前《まえ》へもどってきた。

「ミノカサゴは目立《めだ》つ姿《すがた》で『自分《じぶん》は毒《どく》を持《も》ってるよ、近《ちか》づくとあぶないぞ！』と、相手《あいて》に伝《つた》えているのさ。『しまもようの布《ぬの》の切《き》れ端《はし》みたいなもの』とジオが覚《おぼ》えていたから、すぐに手当《てあ》てできたんだよ。」と、海鮮《うみき》がミノカサゴを指《ゆび》さして説明《せつめい》した。

「このひれを正面《しょうめん》から見《み》ると、まるでオスのライオンのたてがみみたいだろう。」

「そういえば、干潟《ひがた》探検《たんけん》のときに、勝手《かって》に探査服《たんさふく》を持《も》ち出《だ》したことを怒《おこ》ったケイも、ライオンみたいに髪《かみ》をふりみだしていたね。」とジオ。

「でも、ピピちゃんがアカエイに刺《さ》されなくて良《よ》かったよ。」とやさしく笑《わら》った海鮮《うみき》に、「ウェットスーツや空気《くうき》のタンクは、体《からだ》を守《まも》るのに大切《たいせつ》なんだね。さっきは勝手《かって》にはずしてごめんなさい。」と、ピピは反省《はんせい》したよ。

サバイバル推理《すいり》

7 水族館《すいぞくかん》の七《なな》不《ふ》思《し》議《ぎ》

海鮮《うみき》の案内《あんない》で、ジオとピピは水族館《すいぞくかん》の展示《てんじ》にすっかり夢中《むちゅう》だ。

「あれ？　海鮮《うみき》のやつ、さっきまでいたのに！」

　ジオは、急《きゅう》にいなくなった海鮮《うみき》をさがして、あたりをキョロキョロしている。すると、突然肩《とつぜんかた》をたたかれ、驚《おどろ》いて飛《と》び上《あ》がった。

▶突然肩《とつぜんかた》をたたかれて驚《おどろ》くジオ。

「海鮮《うみき》！　どこにいたんだよ、全然気《ぜんぜんき》がつかなかった。」

「ごめん、ごめん。お客《きゃく》さんを案内《あんない》していたんだ。でも、すぐそばにいたんだぞ。水《すい》そうや壁《かべ》の色《いろ》に似《に》た青色《あおいろ》のシャツを着《き》ているから、わかりにくかったのかもな。」

首《くび》をかしげる海鮮《うみき》に、ジオがからかうように言《い》った。

「まるで、まわりに合《あ》わせて色《いろ》を変《か》えるカメレオンみたいだな。」

「それを言《い》うなら、二人《ふたり》とも、知《し》ってるか？　海《うみ》の生《い》き物《もの》にも、かくれるのが上手《じょうず》なものがいるんだ。」

海鮮《うみき》は、笑《わら》いながら説明《せつめい》を始《はじ》めた。

「体《からだ》の形《かたち》や色《いろ》やもよう、動《うご》き方《かた》などを、まわりの環境《かんきょう》や他《ほか》の生《い》き物《もの》に似《に》せるのさ。たとえば、オニカサゴ、タコ、ヒラメなんかがそうな

◀水族館《すいぞくかん》で飼育員《しいくいん》の見習《みなら》いをしている海鮮《うみき》。

推理した日　□月　□日

?! 文章全体《ぶんしょうぜんたい》を読《よ》んでまとめよう

1 どんな事件《じけん》が起《お》きたのか、□をうめて、まとめましょう。

ジオとピピが、水族館《すいぞくかん》の（ア なんの？ □）の一《ひと》つである「（イ どんな？ □）水《すい》そう」を見《み》つけた。その水《すい》そうには（ウ なにが？ □）がいないように見《み》えたが、（エ だれ？ □）は、あることに気《き》がついた。いったい、何《なに》がわかったのだろう？

▶タコ（上《うえ》）、オニカサゴ（右《みぎ》）、ヒラメ（下《した》）。

んだ。オニカサゴは赤《あか》い海《かい》そうの生《は》えた岩《いわ》やサンゴにそっくりだし、タコはやわらかい体《からだ》の形《かたち》を変《か》えて岩《いわ》のふりをするし、ヒラメは砂《すな》の色《いろ》に合《あ》わせて体《からだ》の色《いろ》を変《か》えられるんだ。」

「でもさ、何《なん》でかくれるの？　敵《てき》から身《み》を守《まも》るため？」

ピピが不思議《ふしぎ》そうに聞《き》いた。

「正解《せいかい》！　でも、それだけじゃないんだ。気《き》づかれずに獲物《えもの》をつかまえる技《わざ》でもあるんだよ。オニカサゴは、岩《いわ》だと思《おも》って近《ちか》づいてきた獲物《えもの》を大《おお》きな口《くち》でぱくりと丸《まる》のみにするのさ。ヒラメは、海底《かいてい》にはりつくようにかくれて獲物《えもの》を待《ま》つんだ。はりついていても、体《からだ》の片側《かたがわ》に両目《りょうめ》がついているから、まわりがよく見《み》えるのさ。」

「なるほど！　待《ま》ちぶせをしているんだ、頭《あたま》いい！」

海鮮《うみき》の説明《せつめい》に、目《め》を輝《かがや》かせるピピ。

得意《とくい》そうに話《はな》す海鮮《うみき》の様子《ようす》がおもしろくないジオは、ふと、この水族館《すいぞくかん》に伝《つた》わるうわさを思《おも》い出《だ》した。

「そうだ、この水族館《すいぞくかん》には『七不思議《ななふしぎ》』があるって聞《き》いたけど、本当《ほんとう》？」

「えっ、七不思議《ななふしぎ》!?　どんなことが起《お》きるの？　オバケが出《で》るとか？」

と興味津々《きょうみしんしん》のピピに、海鮮《うみき》は大《おお》げさに笑《わら》って答《こた》えた。

◀海鮮《うみき》の話《はなし》に目《め》を輝《かがや》かせるピピ。ジオはおもしろくない。

←先《さき》に文章《ぶんしょう》を47ページまで読《よ》みましょう。

2 海鮮《うみき》は、かくれるのが上手《じょうず》な海《うみ》の生《い》き物《もの》について、どのように説明《せつめい》していますか。□に合《あ》う言葉《ことば》を文章中《ぶんしょうちゅう》からさがして書《か》きましょう。

体《からだ》の形《かたち》や □ やもよう、□ などを、まわりの □ や他《ほか》の □ に似《に》せる。

3 生《い》き物《もの》がかくれる理由《りゆう》について、正《ただ》しく説明《せつめい》しているほうを選《えら》びましょう。

ア （獲物《えもの》・敵《てき》）から身《み》を守《まも》るため。

イ 気《き》づかれずに（獲物《えもの》・敵《てき》）をつかまえるため。

◀水《すい》そうの中《なか》に生《い》き物《もの》がいない。

「はっはっは、あのうわさだろ。『ただよう火《ひ》の玉《たま》』はチョウチンアンコウの発《はっ》する光《ひかり》だし、『のぞく大《おお》きな目玉《めだま》』はチョウチョウウオの体《からだ》のもよう。『飛《と》び出《で》る内臓《ないぞう》』はヒトデが胃《い》を体《からだ》の外《そと》に出《だ》して食事《しょくじ》をしているだけ。『地《ち》をはうなぞの足音《あしおと》』は小屋《こや》をぬけ出《だ》したペンギンの歩《ある》く音《おと》だよ。『消《き》える水《すい》そう』、『不気味《ぶきみ》な笑《わら》い声《ごえ》』も、ぜ〜んぶ、説明《せつめい》がつくことなのさ！」

海鮮《うみき》が急《きゅう》な仕事《しごと》で呼《よ》ばれたので、ジオとピピは二人《ふたり》で館内《かんない》を見《み》てまわることにした。

「ねぇ、さっきの七不思議《ななふしぎ》の話《はなし》、本当《ほんとう》だったらおもしろいのに！」

残念《ざんねん》そうなピピに、ジオもうなずいた。

その時《とき》、ある水《すい》そうがジオの目《め》にとまった。

「あれ？　あの水《すい》そうの中《なか》には、生《い》き物《もの》がいないな。なんか変《へん》だぞ？」

水《すい》そうの底《そこ》に砂《すな》がしかれ、わずかに海《かい》そうがゆれているだけで、何《なに》かがいる様子《ようす》はない。

「きっと、中《なか》にいた生《い》き物《もの》は、ケガか病気《びょうき》で別《べつ》の水《すい》そうに移《うつ》されたのよ。」

ピピはあまり気《き》にしていない様子《ようす》だが、はっとしたジオはさけんだ。

「あっ！　これは、七不思議《ななふしぎ》の『消《き》える水《すい》そう』だっ！」

◀「消《き》える水《すい》そう」を見《み》つけたジオ。

4 **文章《ぶんしょう》の中《なか》に出《で》てきた、かくれるのが上手《じょうず》な海《うみ》の生《い》き物《もの》はどれですか。正《ただ》しいものをすべて選《えら》んで○をつけましょう。**

- ア 目玉《めだま》のようなもようが体《からだ》にあるチョウチョウウオ。
- イ 体《からだ》の形《かたち》を変《か》えて岩《いわ》のふりをするタコ。
- ウ 砂《すな》の色《いろ》に合《あ》わせて体《からだ》の色《いろ》を変《か》えるヒラメ。
- エ 胃《い》を体《からだ》の外《そと》に出《だ》して食事《しょくじ》をするヒトデ。
- オ 赤《あか》い海《かい》そうの生《は》えた岩《いわ》にそっくりなオニカサゴ。

5 **ジオが見《み》つけた生《い》き物《もの》がいない水《すい》そうについて、三人《さんにん》はそれぞれどのように言《い》っていますか。合《あ》うものを線《せん》でつなぎましょう。**

- ア ジオ　・　　・① 「かくれる水《すい》そう」と言《い》ったほうがいい。
- イ ピピ　・　　・② 生《い》き物《もの》はケガか病気《びょうき》で別《べつ》の水《すい》そうに移《うつ》された。
- ウ コン博士《はかせ》・　　・③ 水《すい》そうの中《なか》の生《い》き物《もの》が突然《とつぜん》消《き》えてしまった。

◀苦笑《にがわら》いをしながら現《あらわ》れたコン博士《はかせ》。

「え、消《き》えたの？」

と、ピピが急《きゅう》にこわくなって聞《き》くと、

「きっと、水《すい》そうの中《なか》にいた生《い》き物《もの》は突然《とつぜん》消《き》えてしまったんだよ！」

と、ジオは興奮《こうふん》して答《こた》えた。

そのとき、向《む》こうの暗《くら》がりから笑《わら》い声《ごえ》が近《ちか》づいてきた。

「ひゃっひゃっひゃっ……。」

「ひぃ〜！　今度《こんど》は『不気味《ぶきみ》な笑《わら》い声《ごえ》』だぁ〜。」

二人《ふたり》が動《うご》けずにいると、顔《かお》なじみでこの水族館《すいぞくかん》の館長《かんちょう》でもあるコン博士《はかせ》が、苦笑《にがわら》いをしながら姿《すがた》を現《あらわ》した。

「おいおい、ワタシの声《こえ》だよ。」

「なーんだ、コン博士《はかせ》の笑《わら》い声《ごえ》だったの。」

と、ほっとするピピ。

「七不思議《ななふしぎ》の『消《き》える水《すい》そう』の話《はなし》をしているようだけれど、それは『かくれる水《すい》そう』と言《い》ったほうがいいかな。」

コン博士《はかせ》の言葉《ことば》を聞《き》いたジオは、ひらめいたようにさけんだ。

「そうか、水《すい》そうの底《そこ》の砂《すな》だ！」

いったいジオは、生《い》き物《もの》がいない水《すい》そうについて、何《なに》に気《き》がついたのだろう。

ズバリ事件解決《じけんかいけつ》！

6 ジオは、「消《き》える水《すい》そう」について、どんな推理《すいり》をしたのでしょう。

ジオは［ア　　］の「かくれる水《すい》そう」という言葉《ことば》を聞《き》いて、海鮮《うみき》が説明《せつめい》していた［イ　　］のが上手《じょうず》な海《うみ》の生《い》き物《もの》の話《はなし》を思《おも》い出《だ》した。ズバリ、「消《き》える水《すい》そう」には生《い》き物《もの》がいないように見《み》えるけれど、水《すい》そうの底《そこ》の［ウ　　］の色《いろ》に合《あ》わせて［エ　　］を変《か》えた［オ　　］がかくれているのだ！

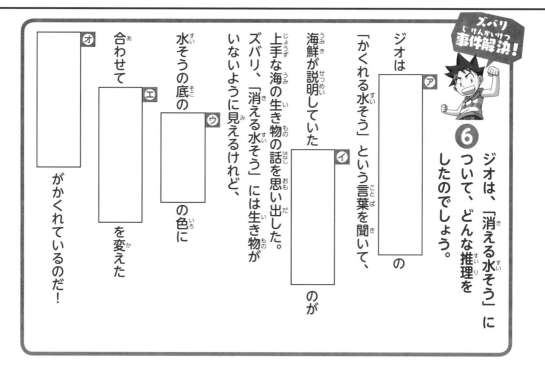

サバイバル推理

7 水族館《すいぞくかん》の七不思議《ななふしぎ》

解答《かいとう》&解説《かいせつ》

1

ア 七不思議　イ 消える
ウ 生き物　エ ジオ

まず、全体《ぜんたい》の流《なが》れをしっかりとつかみましょう。

七不思議《ななふしぎ》の一《ひと》つ「消《き》える水《すい》そう」を見《み》つけたジオが、生《い》き物《もの》が消《き》えてしまったと興奮《こうふん》しますが、本当《ほんとう》はかくれていることに気《き》がつきます。コン博士《はかせ》の言《こと》葉《ば》からヒントを得《え》て、ジオが気《き》づいたことを読《よ》み取《と》りましょう。

2

色、動き方、かんきょう、生き物

「環境《かんきょう》」と漢字《かんじ》で書《か》いても正解《せいかい》です。

44ページの終《お》わりで海鮮《うみき》が説明《せつめい》しています。よく読《よ》んで答《こた》えましょう。

3

ア 敵　イ 獲物

生《い》き物《もの》がかくれる理由《りゆう》を、文章《ぶんしょう》では二《ふた》つあげています。よく読《よ》んで答《こた》えましょう。

4　ココがポイント

イ、ウ、オ

かくれるのが上手《じょうず》な海《うみ》の生《い》き物《もの》について、44ページから45ページにかけて海《うみ》鮮《き》が説明《せつめい》しています。アとエは、この水族館《すいぞくかん》の七不思議《ななふしぎ》の正体《しょうたい》とされる生《い》き物《もの》です。

まさか、かくれているなんてね！キミは、気《き》づくことができたかな？

5

ア—③　イ—②　ウ—①

何《なに》もいない水《すい》そうを見《み》て、七不思議《ななふしぎ》の一《ひと》つ「消《き》える水《すい》そう」だと興奮《こうふん》するジオ。ピピは、最初《さいしょ》はあまり気《き》にしていない様子《ようす》でした。コン博士《はかせ》は何《なん》の水《すい》そうかをもちろん知《し》っていて、ヒントを出《だ》しています。

6

ア コン博士　イ かくれる
ウ すな　エ 体の色　オ ヒラメ

「砂《すな》」と漢字《かんじ》で書《か》いても正解《せいかい》です。

何《なに》も生《い》き物《もの》がいないと思《おも》われた水《すい》そうの底《そこ》には、砂《すな》がありました。文章《ぶんしょう》の前《ぜん》半《はん》で、海鮮《うみき》が説明《せつめい》していた上手《じょうず》にかくれる生《い》き物《もの》の中《なか》に、海《うみ》の底《そこ》の砂《すな》の色《いろ》に合《あ》わせて体《からだ》の色《いろ》を変《か》えるヒラメがいました。その話《はなし》と、「かくれる水《すい》そう」というコン博士《はかせ》の言葉《ことば》がつながり、水《すい》そうの底《そこ》の砂《すな》にジオの目《め》が向《む》いたのです。

海《うみ》の生《い》き物《もの》のサバイバルデータ　ヒラメの巻《まき》

ヒラメは、成長《せいちょう》すると全長《ぜんちょう》80センチメートルから1メートルにもなる高級食用魚《こうきゅうしょくようぎょ》で、刺《さ》し身《み》や寿司《すし》、ムニエルなどにして食《た》べます。

背《せ》びれとしりびれを動《うご》かす筋肉《きんにく》の部分《ぶぶん》は、コリコリとして独特《どくとく》なおいしさがあるので「縁側《えんがわ》」と呼《よ》ばれて、好《この》まれています。すじが横《よこ》に走《はし》っている見《み》た目《め》が、昔《むかし》ながらの日本家屋《にほんかおく》の部屋《へや》の外《そと》にある縁側《えんがわ》に似《に》ているので、こう呼《よ》ばれています。

▶部屋《へや》の外《そと》にある「縁側《えんがわ》」。

ヒラメの仲間《なかま》は、体《からだ》の片側《かたがわ》に両目《りょうめ》があり、目《め》がないほうを海底《かいてい》の砂《すな》にくっつけて、じっとしています。このときヒラメは、目《め》で体《からだ》のまわりの海底《かいてい》の色《いろ》をみて、体《からだ》の色《いろ》をそれに似《に》せた色《いろ》に変《か》えることができます。こうして海底《かいてい》でじっとしていると、海底《かいてい》の色《いろ》やもように溶《と》けこんで、姿《すがた》がほとんどわからなくなります。

このような体《からだ》の色《いろ》を、「保護色《ほごしょく》」や「隠《いん》ぺい色《しょく》」といいます。また、かくれることを「カモフラージュ」といいます。かくれるのが上手《じょうず》なため、ヒラメは「海《うみ》の忍者《にんじゃ》」とも呼《よ》ばれます。忍者《にんじゃ》は敵《てき》にみつからないようにカモフラージュしますが、ヒラメの場合《ばあい》は、敵《てき》ではなく、獲物《えもの》からみつからないようにしています。警戒《けいかい》せずにそばに近《ちか》づいてきた魚《さかな》やイカ、エビなどの獲物《えもの》を、大《おお》きな口《くち》で飲《の》みこんで食《た》べるのです。

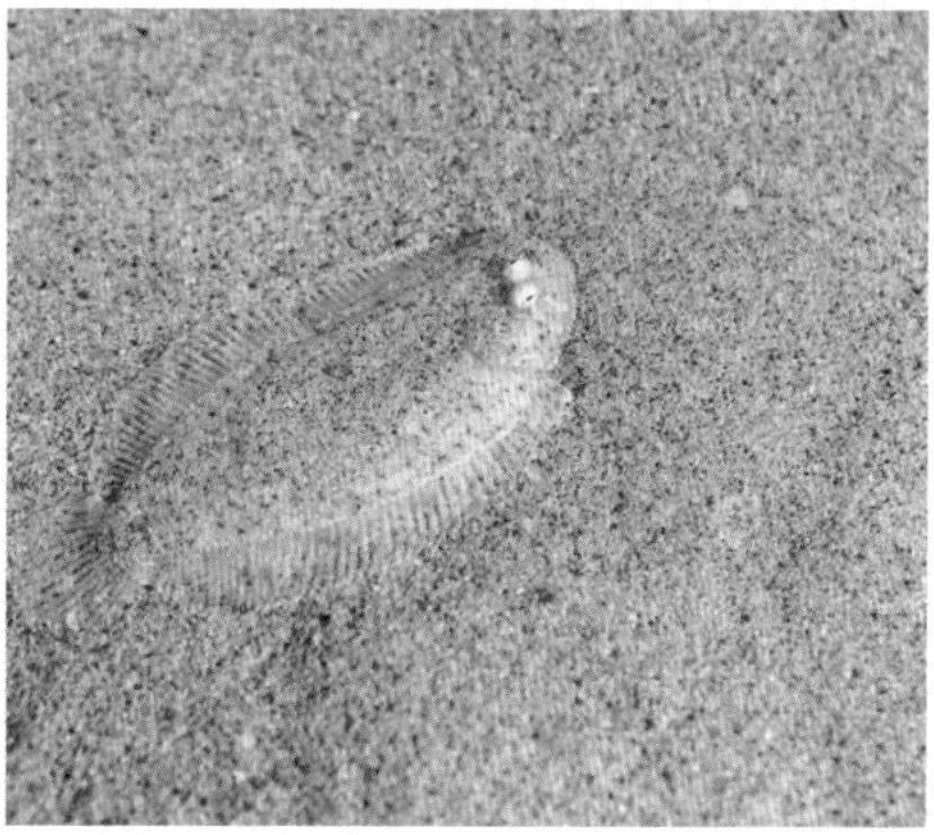

▲まわりの砂《すな》に似《に》た色《いろ》になったヒラメ。

その後《ご》のストーリー

「ほら、砂《すな》の上《うえ》をよく見《み》て！」ジオが指《ゆび》さす先《さき》に、目《め》をこらすピピ。

「どこ？　あっ、本当《ほんとう》だ。何《なに》かいる！」

なんと水《すい》そうの底《そこ》の砂《すな》に魚《さかな》がいて、目玉《めだま》をギョロッとさせている。砂《すな》と同《おな》じ色《いろ》なので、気《き》がつかなかったのだ。

「そう、ヒラメがいるんだ。」コン博士《はかせ》が正解《せいかい》を言《い》うと、「ヒラメだけに、ピーンとひらめいちゃったんだよね。」と、調子《ちょうし》のよいジオ。

すると、コン博士《はかせ》がジオの耳元《みみもと》で不気味《ぶきみ》にささやいた。

「実《じつ》は、七不思議《ななふしぎ》の最後《さいご》の一《ひと》つだけは本当《ほんとう》なんだ。『出《で》られない水族館《すいぞくかん》』さ。」

「コン博士《はかせ》、それはどういうこと？」

「この水族館《すいぞくかん》はね、一度入《いちどはい》ると、出《で》られなくなるんだ。」

ギョッとするジオに、コン博士《はかせ》は続《つづ》けた。

「楽《たの》しすぎて、ね！」

サバイバル推理《すいり》 8

カクレクマノミのひみつ

水族館《すいぞくかん》で行《おこな》われている、クイズラリーに参加《さんか》することにしたジオとピピ。クイズシートの最初《さいしょ》の問題《もんだい》に登場《とうじょう》する、カクレクマノミの水《すい》そうにやってきた。

「カクレクマノミは人気者《にんきもの》さ。この水《すい》そうには一《ひと》つの群《む》れがいるんだ。」

と、ついてきてくれた海鮮《うみき》が言《い》った。

「ゆらゆら泳《およ》いで、本当《ほんとう》にかわいいよね！」

ピピがはしゃぐと、ふと、さびしそうな顔《かお》をして海鮮《うみき》がつぶやいた。

「じつは、前《まえ》にかわいがっていた、一匹《いっぴき》しかいないメスが死《し》んでしまったんだ……。」

「そうなんだ……、でも、ほかの子《こ》たちがいるじゃないか！」

と、水《すい》そうを指《ゆび》さしながら、海鮮《うみき》を元気《げんき》づけるジオ。

「うん、まあね。それに、オスがメスに変《か》わるひみつもあるからな。」

海鮮《うみき》の言葉《ことば》に、ピピが聞《き》き返《かえ》した。

「えっ、どういうこと?!」

「卵《たまご》をいっぱい産《う》んで子孫《しそん》をたくさん残《のこ》すために、オスがメスに変《か》わる、と考《かんが》えられているんだ。

◀海鮮《うみき》に聞《き》き返《かえ》すピピ。

推理《すいり》した日《ひ》 □月□日

?! 文章全体《ぶんしょうぜんたい》を読《よ》んでまとめよう

1 どんな事件《じけん》が起《お》きたのか、□をうめて、まとめましょう。

水族館《すいぞくかん》の ア なにに? [　　] に参加《さんか》したジオとピピ。イ なんの? [　　] の水《すい》そうにいる ウ なにを? [　　] を見《み》つける方法《ほうほう》についてのクイズで、ジオは エ だれ? [　　] とけんかを始《はじ》めた。しかし、オ だれ? [　　] は、

クロダイやハナヒゲウツボなんかもそうさ。」

「へぇ、知《し》らなかったよ。」

ジオが感心《かんしん》したように言《い》った。

「群《む》れの中《なか》で一番大《いちばんおお》きいカクレクマノミが、メスになるんだ。体《からだ》が大《おお》きいメスほど、たくさん卵《たまご》が産《う》めるからね。つまり、群《む》れの中《なか》に、メスは一匹《いっぴき》しかいないんだ。メスが死《し》んだりして群《む》れからいなくなると、二番目《にばんめ》に体《からだ》の大《おお》きいオスがメスに変《か》わるんだよ。だから、今《いま》はメスが……」

▶カクレクマノミ

そのとき、海鮮《うみき》の話《はなし》をさえぎるように、ピピの大《おお》きな声《こえ》がひびいた。

「ねえねえ～、早《はや》くクイズをやろうよ！　全問正解者《ぜんもんせいかいしゃ》にはプレゼントがあるんだから！」

「わかった、わかった。では、第一問《だいいちもん》！　カクレクマノミは、どこで眠《ねむ》るでしょう？」

海鮮《うみき》がクイズを読《よ》み上《あ》げると、ジオは得意顔《とくいがお》ですらすらと答《こた》え始《はじ》めた。

「そんなの簡単《かんたん》！　仲良《なかよ》しのイソギンチャクの中《なか》だよ！　イソギンチャクの毒針《どくばり》が敵《てき》から守《まも》ってくれるから、カクレクマノミは安心《あんしん》して眠《ねむ》れるんじゃないかな。」

「ピンポーン！　カクレクマノミの体《からだ》は、特別《とくべつ》な粘液《ねんえき》でおおわれている。だから、イソギンチャクに刺《さ》されないんだ。」

海鮮《うみき》は説明《せつめい》を続《つづ》けた。

◀クイズに得意顔《とくいがお》で答《こた》えるジオ。

←先《さき》に文章《ぶんしょう》を53ページまで読《よ》みましょう。

その方法《ほうほう》がわかったようだ。さて、どんな方法《ほうほう》だろう？

❷ 海鮮《うみき》はどんなことを思《おも》い出《だ》して、さびしそうな顔《かお》をしたのですか。正《ただ》しいものを一《ひと》つ選《えら》んで○をつけましょう。

ア 前《まえ》にかわいがっていたオスのカクレクマノミが死《し》んだこと。

イ 前《まえ》にかわいがっていたメスのカクレクマノミが死《し》んだこと。

ウ 前《まえ》にかわいがっていたメスのクロダイが死《し》んだこと。

❸ クマノミがオスからメスに変《か》わる理由《りゆう》について、海鮮《うみき》はどう説明《せつめい》していますか。

卵《たまご》をいっぱい産《う》んで

▶とうめいなまくの中《なか》で眠《ねむ》るブダイの仲間《なかま》。

「そうそう、めずらしい眠《ねむ》り方《かた》といえば、ブダイの仲間《なかま》はエラから粘液《ねんえき》を出《だ》して、自分《じぶん》の体《からだ》をとうめいなまくで包《つつ》んで眠《ねむ》るんだ。敵《てき》に自分《じぶん》のにおいを気《き》づかせないようにしたり、寄生虫《きせいちゅう》がつくのを防《ふせ》いだりするため、と言《い》われているよ。」

「カクレクマノミのイソギンチャクのベッドも、ブダイのシャボン玉《だま》みたいな寝袋《ねぶくろ》も、どっちも気持《きも》ちよさそう！　眠《ねむ》ってみたいな〜。」

ピピがふわーっと大《おお》きなあくびをした。

「では、第二問《だいにもん》！　この水《すい》そうには、カクレクマノミのメスがいます。どうやって見《み》つけたらよいでしょう？」

海鮮《うみき》が次《つぎ》のクイズを読《よ》み上《あ》げると、すぐにジオが言《い》い返《かえ》した。

「あれ、おかしいぞ！　さっき海鮮《うみき》は、メスが死《し》んでしまったと話《はな》していたじゃないか！」

「ジオの言《い》うとおりよ。全問正解《ぜんもんせいかい》のプレゼントをもらえないようにするための、いじわるクイズだわ！」

と、ピピも不満《ふまん》そうにうなずく。ジオは続《つづ》けて言《い》った。

「わかった！　答《こた》えは、メスなんていないから、見《み》つける方法《ほうほう》もないということだ！」

「いや、メスはいるのさ。」

にやりとする海鮮《うみき》に、ジオはだんだん怒《おこ》り始《はじ》めた。

「そんなのウソだ！」

◀だんだん怒《おこ》り始《はじ》めたジオ。

4 **カクレクマノミの群《む》れについてまとめます。□にあてはまる言葉《ことば》を書《か》きましょう。**

群《む》れの中《なか》でメスは□だけ。

群《む》れの中《なか》で一番《いちばん》□ものがメスになる。そのメスが群《む》れからいなくなると、□番目《ばんめ》に体《からだ》の大《おお》きいオスが、□に変《か》わる。

5 **第二問《だいにもん》のクイズで、ジオが怒《おこ》った理由《りゆう》は何《なん》ですか。正《ただ》しいものを一《ひと》つ選《えら》んで〇をつけましょう。**

ア クイズの全問正解者《ぜんもんせいかいしゃ》へのプレゼントはもらえないと、ピピがウソを言《い》ったと思《おも》ったから。

イ ブダイの仲間《なかま》はとうめいなまくで体《からだ》を包《つつ》んで眠《ねむ》ると、海鮮《うみき》がウソを言《い》ったと思《おも》ったから。

ウ 死《し》んでしまったはずのカクレクマノミのメスが水《すい》そうにいると、海鮮《うみき》がウソを言《い》ったと思《おも》ったから。

カクレクマノミのひみつ

◀何《なに》かに気《き》がついたピピ。

ジオの大声《おおごえ》に驚《おどろ》いたお客《きゃく》さんたちが、三人《さんにん》のほうをふり返《かえ》った。海鮮《うみき》は、こわい顔《かお》でジオに注意《ちゅうい》した。

「おい、そんなに大《おお》きい声《こえ》を出《だ》すなよ。ほかのお客《きゃく》さんも魚《さかな》たちもびっくりするだろう！　だいたい、キミは人《ひと》の話《はなし》をまったく聞《き》いていないなあ！」

せっかくの楽《たの》しいはずのクイズラリーが、いつの間《ま》にか、けんかになってしまった。

ピピが困《こま》っていると、クイズシートを手《て》にしたほかの参加者《さんかしゃ》たちが、カクレクマノミの水《すい》そうにやってきた。そして、二問目《にもんめ》のクイズを目《め》にしたとたん、

「群《む》れでいると、みんな同《おな》じように見《み》えるよね。どれがメスかなんて、わかるわけないよ！」

と、さわぎ始《はじ》めた。

その様子《ようす》を見《み》ていたピピは、ハッとしたように言《い》った。

「そうか！　群《む》れでいるから、わかるんだわ！」

そして、何《なに》かを確《たし》かめるように、水《すい》そうの中《なか》のカクレクマノミたちを目《め》で追《お》い始《はじ》めた。

さて、いったいピピは、何《なに》に気《き》がついたのだろう。

▶ジオに注意《ちゅうい》する海鮮《うみき》。

ズバリ 事件解決《じけんかいけつ》！

6　ピピはカクレクマノミのメスを見《み》つける方法《ほうほう》について、どんな推理《すいり》をしたのでしょう。

カクレクマノミの群《む》れの中《なか》で、メスは一番《いちばん》［ア　　　］て、［イ　　　］だけ。

海鮮《うみき》が前《まえ》にかわいがっていたメスは［ウ　　　］しまったけれど、

二番目《にばんめ》に大《おお》きかった［エ　　　］が

メスに［オ　　　］はずだ。

ズバリ、今《いま》この水《すい》そうの群《む》れの中《なか》にいる、

一番大《いちばんおお》きいのが［カ　　　］だ！

サバイバル推理《すいり》 8

カクレクマノミのひみつ

解答《かいとう》&解説《かいせつ》

1

ア クイズラリー
イ カクレクマノミ　ウ メス
エ うみき　オ ピピ

「海鮮《うみき》」と漢字《かんじ》で書《か》いても正解《せいかい》です。

まず、全体《ぜんたい》の流《なが》れをしっかりとつかみましょう。

文章《ぶんしょう》の前半《ぜんはん》で、カクレクマノミの群《む》れについて、海鮮《うみき》が説明《せつめい》しています。その話《はなし》に、クイズラリーの二問目《にもんめ》に答《こた》えるためのヒントがあります。

2

イ

海鮮《うみき》は、前《まえ》に死《し》んでしまったメスのカクレクマノミについて思《おも》い出《だ》しています。アは「オス」、ウは「クロダイ」がちがいます。

3

子孫をたくさん残すため

カクレクマノミは卵《たまご》をいっぱい産《う》んで、できるだけ多《おお》くの子孫《しそん》を残《のこ》せるように、群《む》れの中《なか》で一番体《いちばんからだ》の大《おお》きいものがメスになります。

4

一ぴき、大きい、二、メス

「匹《ぴき》」と漢字《かんじ》で書《か》いても正解《せいかい》です。
「2」と数字《すうじ》で書《か》いても正解《せいかい》です。

51ページで海鮮《うみき》が説明《せつめい》している、カクレクマノミがオスからメスになることについて確認《かくにん》します。この特徴《とくちょう》が、今回《こんかい》のなぞを解《と》くカギとなります。

5

ウ

50ページの海鮮《うみき》の言葉《ことば》「一匹《いっぴき》しかいないメスが死《し》んでしまった」が本当《ほんとう》だとすると、52ページで第二問《だいにもん》のクイズを出《だ》したときの海鮮《うみき》の「メスはいる」という言葉《ことば》はウソになると、ジオは考《かんが》えたようです。

6

ア 大きく　イ 一ぴき
ウ 死んで　エ オス
オ 変わった　カ メス

カクレクマノミの群《む》れの中《なか》に、メスは一匹《いっぴき》だけです。その一番大《いちばんおお》きいメスがいなくなると、次《つぎ》に体《からだ》の大《おお》きいオスがメスに変《か》わります。

海鮮《うみき》が思《おも》い出《だ》していたのは「前《まえ》に死《し》んでしまったメス」のことで、今《いま》の水《すい》そうの群《む》れには「オスから変《か》わったメス」がいるのです。

ピピは、オスがメスに変《か》わることを思《おも》い出《だ》し、一番体《いちばんからだ》が大《おお》きいものを見《み》つければよいと気《き》づいたのです。

海《うみ》の生《い》き物《もの》のサバイバルデータ　カクレクマノミの巻《まき》

カクレクマノミは、体長《たいちょう》10センチメートルほどの小型《こがた》のクマノミで、黒《くろ》で縁取《ふちど》られたオレンジ色《いろ》の体《からだ》に白《しろ》い横《よこ》じま（魚《さかな》の場《ば》合《あい》は、頭《あたま》を上《うえ》に尾《お》を下《した》にしたときに水平方《すいへいほう》向《こう》にあるしま）が3本《ぼん》ある、目立《めだ》つ色《いろ》をしています。

クマノミの仲間《なかま》は、決《き》まった種類《しゅるい》のイソギンチャクをすみかにしています。毒《どく》のあるイソギンチャクの触手《しょくしゅ》にかくれるようにして、敵《てき》から身《み》を守《まも》っているのです。

イソギンチャクは、クマノミが触手《しょくしゅ》の間《あいだ》を動《うご》き回《まわ》るので、海水《かいすい》が触手《しょくしゅ》にいきわたる、体《からだ》についたごみなどが洗《あら》い流《なが》される、成長《せいちょう》が速《はや》くなるなどの利点《りてん》があります。このように、おたがいにいっしょにいることで、別々《べつべつ》にすむよりもプラスになることが多《おお》い関係《かんけい》を、「共生《きょうせい》」といいます。

▲卵《たまご》を守《まも》るカクレクマノミのオス。

「共生《きょうせい》」の例《れい》としては、アリがアブラムシの敵《てき》を追《お》いはらい、アブラムシから甘《あま》い液体《えきたい》をもらうことなどが知《し》られています。

カクレクマノミの群《む》れには大《おお》きなメスとオス、それよりも小《ち》さい若魚《わかうお》や幼魚《ようぎょ》がいます。数匹《すうひき》から十数匹《じゅうすうひき》が小《ち》さな群《む》れをつくります。

もしかすると、一《ひと》つの群《む》れは、夫婦《ふうふ》とその子《こ》や孫《まご》の家族《かぞく》だと思《おも》うかもしれませんが、そうではありません。海《うみ》の中《なか》では、群《む》れにいるカクレクマノミは、それぞれ別《べつ》のところからやってきて仲間《なかま》になった魚《さかな》で、親《おや》と子《こ》、兄弟《きょうだい》や姉妹《しまい》のような関係《かんけい》はありません。卵《たまご》からかえった子《こ》は、生《う》まれるとすぐにすみかをはなれ、潮《しお》の流《なが》れに乗《の》っていき、成長《せいちょう》すると、どこかの群《む》れに加《くわ》わるのです。

その後《ご》のストーリー

「メスは群《む》れの中《なか》に一匹《いっぴき》しかいなくて、体《からだ》が一番大《いちばんおお》きいのよ。」と、自信《じしん》たっぷりのピピ。

「つまり、この水《すい》そうにいる一《ひと》つの群《む》れの中《なか》で、一番大《いちばんおお》きいのがメスなのよ。」

「でも、メスは死《し》んでしまったって、海鮮《うみき》が言《い》っていた！」ジオがまた同《おな》じことを言《い》うと、ピピが笑《わら》って答《こた》えた。

「ジオ、まだわからないの？　前《まえ》にいたメスの次《つぎ》に体《からだ》が大《おお》きかったオスが、メスに変《か》わったのよ。」

「そういうことか！」と、感心《かんしん》するジオ。海《うみ》鮮《き》が頭《あたま》をかきながら言《い》った。

「いやあ、クイズを始《はじ》める前《まえ》にうっかり正解《せいかい》を言《い》ってしまったと、内心《ないしん》ヒヤヒヤしていたんだ。おかしいな、ジオも聞《き》いていたはずなのにね。」

「ウッ！　それで、結局《けっきょく》どれがメスなんだい？」

ちょっぴりくやしそうに聞《き》くジオに、ピピはぺろっと舌《した》を出《だ》して言《い》った。

「イソギンチャクにかくれちゃってる子《こ》が多《おお》くて、わからない――――！」

サバイバル推理《ずいり》

9 本《ほん》物《もの》のウミガメ博士《はかせ》を探《さが》せ！

▶水《すい》そうの中《なか》で泳《およ》ぐウミガメ。

「まるで飛《と》んでいるみたいに泳《およ》ぐよね。」

ピピが、水族館《すいぞくかん》の水《すい》そうの中《なか》をゆったりと泳《およ》ぐウミガメを指《ゆび》さした。

「なんか動物園《どうぶつえん》で見《み》たカメとちがうんだよな。」

ジオが不思議《ふしぎ》そうにつぶやいた。

「その通《とお》り！　ウミガメには、海《うみ》の生活《せいかつ》に合《あ》った体《からだ》の特徴《とくちょう》があるんだ。ゾウガメなど陸《りく》のカメの甲《こう》らは山《やま》のように盛《も》り上《あ》がっているけれど、ウミガメの甲《こう》らは平《ひら》べったい。水《みず》とぶつかる面積《めんせき》が小《ちい》さくてすむから、泳《およ》ぎやすいというわけさ。足《あし》もヒレの形《かたち》をしていて、陸《りく》のカメにあるツメはないんだ。大《おお》きな前足《まえあし》をボートのオールみたいに使《つか》って泳《およ》ぐのさ。危険《きけん》がせまったときは、陸《りく》のカメのように頭《あたま》や足《あし》を甲《こう》らの中《なか》にかくせないけれど、泳《およ》ぎやすい体《からだ》で身《み》を守《まも》るんだね。」

と、泳《およ》ぐまねをしながら説明《せつめい》する海鮮《うみき》に、ピピが聞《き》いた。

「海《うみ》の中《なか》でくらすってことは、魚《さかな》の仲間《なかま》なの？」

「いや、陸《りく》のカメと同《おな》じ、は虫類《ちゅうるい》だよ。水《みず》の中《なか》の酸素《さんそ》を取《と》りこむ魚《さかな》は、主《おも》にえらで呼吸《こきゅう》をするだろう。ウミガメは陸《りく》のカメと同《おな》じで、空気《くうき》の中《なか》の酸素《さんそ》を取《と》りこむために、肺《はい》で呼吸《こきゅう》をするんだ。だから、長《なが》い時間《じかん》

推理《すいり》した日《ひ》　□月　□日

?! 文章全体《ぶんしょうぜんたい》を読《よ》んでまとめよう

1 どんな事件《じけん》が起《お》きたのか、□をうめて、まとめましょう。

水族館《すいぞくかん》で、ウミガメ博士《はかせ》がウミガメについて教《おし》えてくれる

ア なにが？ □ が開《ひら》かれる。

イ なんという？ □ という名前《なまえ》の一人《ひとり》のウミガメ博士《はかせ》に頼《たの》んでいたが、その名前《なまえ》の博士《はかせ》が

ウ なんにん？ □ 現《あらわ》れた。

それぞれの話《はなし》を聞《き》いた

エ だれ？ □ は、本物《ほんもの》のウミガメ博士《はかせ》を見《み》ぬいた。本物《ほんもの》はだれだろう？

もぐることもあるけれど、ふつうは二十分《にじっぷん》おきぐらいに海《かい》面《めん》に顔《かお》を出《だ》して、息《いき》つぎをするんだよ。」

「そうだ、これが何《なに》かわかるかい？」

海鮮《うみき》は一枚《いちまい》のパネルを指《ゆび》さした。海《うみ》のほうから砂浜《すなはま》に、なぞのもようが続《つづ》いている。

▶海鮮《うみき》が見《み》せたパネル。

「なあに、これ!? タイヤの跡《あと》みたいだけど。」

ピピが首《くび》をかしげると、海鮮《うみき》は笑《わら》いながら、

「これは、ウミガメが卵《たまご》を産《う》むために通《とお》った跡《あと》さ。海《うみ》の中《なか》ではなく、陸《りく》に穴《あな》を掘《ほ》って卵《たまご》を産《う》むからね。オスは陸《りく》に上《あ》がらないけれど、メスは陸《りく》に上《あ》がって歩《ある》くのには向《む》いていない足《あし》で、必死《ひっし》に産《う》む場所《ばしょ》を探《さが》し回《まわ》るんだ。」

「てことは、卵《たまご》からかえったカメの子《こ》も、自分《じぶん》で海《うみ》に向《む》かうのよね。」

「そう、たくましいよね。でも危険《きけん》がいっぱいで、一回《いっかい》に百個《ひゃっこ》ほどの卵《たまご》が産《う》まれるけれど、ほんのわずかしか大人《おとな》になれないんだ。」

「海鮮《うみき》って、ウミガメ博士《はかせ》みたい！」

すらすらと説明《せつめい》する海鮮《うみき》を、ピピがほめた。

「じつは今日《きょう》、本当《ほんとう》のウミガメ博士《はかせ》をよんで、ウミガメについて教《おし》えてもらうイベントを開《ひら》くんだ。それで予習《よしゅう》をしていたのさ。」

「なーんだ、そういうことか。」

海鮮《うみき》の正直《しょうじき》な言葉《ことば》に、ジオが笑《わら》った。

◀ウミガメについて説明《せつめい》する海鮮《うみき》。

←先《さき》に文章《ぶんしょう》を59ページまで読《よ》みましょう。

2 **ウミガメと陸《りく》のカメのそれぞれの体《からだ》の特徴《とくちょう》をまとめます。あてはまる記号《きごう》をすべて選《えら》んで書《か》きましょう。**

ア 甲《こう》らが平《ひら》べったい。
イ 甲《こう》らの中《なか》に頭《あたま》や足《あし》をかくすことができる。
ウ 足《あし》にはツメがある。
エ 足《あし》はヒレの形《かたち》で、前足《まえあし》をボートのオールのように使《つか》う。

ウミガメ（　　）
陸《りく》のカメ（　　）

3 **ウミガメの呼吸《こきゅう》について、□にあてはまる言葉《ことば》を文章中《ぶんしょうちゅう》からさがして書《か》きましょう。**

海《うみ》の中《なか》にいる魚《さかな》のように□で呼吸《こきゅう》をせず、ウミガメは□で呼吸《こきゅう》をする。

さっそくウミガメ博士《はかせ》との待《ま》ち合《あ》わせ場所《ばしょ》へ行《い》くと、三人《さんにん》の人物《じんぶつ》が現《あらわ》れた。

「ウミガメ博士《はかせ》の海野亀太《うみのかめた》さんですか？」

海鮮《うみき》が声《こえ》をかけると、

「はい。」

なぜか三人《さんにん》そろって返事《へんじ》をした。

「あれ？　おかしいぞ。一人《ひとり》に頼《たの》んだはずなんだけどな。」

首《くび》をかしげる海鮮《うみき》。もう一度《いちど》聞《き》いても、三人《さんにん》ともまじめな顔《かお》で、そうだと返事《へんじ》をするばかり。

「ということは、ほかの二人《ふたり》はニセ者《もの》でしょ。本物《ほんもの》を当《あ》てなくちゃ！」

と、はりきるピピ。不思議《ふしぎ》そうに三人《さんにん》を見《み》ていたジオが提案《ていあん》した。

◀ジオはある提案《ていあん》をした。

「じゃあ、今日《きょう》のイベントで話《はな》したいことを、今《いま》ここで簡単《かんたん》に話《はな》してもらおうよ。だれが本物《ほんもの》かわかるかもしれない。」

そして、三人《さんにん》は話《はな》し始《はじ》めた。

海《うみ》にもぐる時《とき》に着《き》るウェットスーツを持《も》ったA《エー》氏《し》は、

「ワタシはウミガメのすぐそばまでもぐって行《い》って、観察《かんさつ》しています。今日《きょう》も実際《じっさい》に水《すい》そうに入《はい》って、ウミガメと遊《あそ》ぶ様子《ようす》をお見《み》せするつもりです。ウミガメは足《あし》をうまく使《つか》って、それは上手《じょうず》に泳《およ》ぎますよ。この前《まえ》、サメに追《お》われているのを目撃《もくげき》したんですが、危険《きけん》を感《かん》じたのか、

4 ウミガメの産卵《さんらん》について、正《ただ》しいものすべてに○をつけましょう。

ア メスは海《うみ》の中《なか》で卵《たまご》を産《う》む。

イ オスは陸《りく》に上《あ》がり、卵《たまご》を産《う》む場所《ばしょ》を探《さが》す。

ウ メスは陸《りく》に上《あ》がり、穴《あな》を掘《ほ》って卵《たまご》を産《う》む。

エ 一回《いっかい》に百個《ひゃっこ》ほどの卵《たまご》を産《う》む。

5 それぞれウミガメ博士《はかせ》として現《あらわ》れた三人《さんにん》は、ウミガメの何《なに》について話《はな》しましたか。合《あ》うものを線《せん》でつなぎましょう。

ア A《エー》氏《し》　・　　・ ① 呼吸《こきゅう》について

イ B《ビー》氏《し》　・　　・ ② 産卵《さんらん》について

ウ C《シー》氏《し》　・　　・ ③ 身《み》の守《まも》り方《かた》について

かたい甲《こう》らの中《なか》に頭《あたま》と足《あし》をさっとかくしたんです。自分《じぶん》の身《み》を守《まも》れる甲《こう》らは便利《べんり》、まさにサバイバルですね。」

写真《しゃしん》のアルバムをたくさんかかえたB氏《ビーし》は、

「ウミガメの産卵時期《さんらんじき》になると、見《み》に行《い》きます。もちろん、ぜったいにじゃまをしないように気《き》をつけてですよ。メスとオスが力《ちから》を合《あ》わせて、一生懸命砂浜《いっしょうけんめいすなはま》を進《すす》む姿《すがた》に感動《かんどう》して、ワタシはいつももらい泣《な》きしてしまうんですよ。観察《かんさつ》の時《とき》にとった写真《しゃしん》を持《も》ってきましたからね！」

ほかの二人《ふたり》とちがって何《なに》も持《も》たず、なぜか落《お》ち着《つ》かない様子《ようす》のC氏《シーし》は、

「ボ、ボクは海《うみ》のすぐ近《ちか》くの研究所《けんきゅうじょ》にいますが、時々《ときどき》、海面《かいめん》から何《なに》かが出《で》ているんです。よく見《み》ると、ひょっこり鼻先《はなさき》を出《だ》しているウミガメで、そりゃあ、かわいいもんです。肺《はい》で呼吸《こきゅう》をする生《い》き物《もの》ですからね。」

三人《さんにん》の話《はなし》が終《お》わるやいなや、海鮮《うみき》がニヤリと笑《わら》った。

「本物《ほんもの》のウミガメ博士《はかせ》がわかったよ！」

さて、いったい本物《ほんもの》のウミガメ博士《はかせ》はだれだろう。

◀本物《ほんもの》のウミガメ博士《はかせ》を見《み》ぬいた海鮮《うみき》。

6 **海鮮《うみき》は、本物《ほんもの》のウミガメ博士《はかせ》についてどう推理《すいり》したのでしょう。**

ウミガメは、甲《こう》らの中《なか》に頭《あたま》や足《あし》を［ア］から［イ］氏《し》の話《はなし》はおかしい。また、卵《たまご》を産《う》む時《とき》は［ウ］だけが陸《りく》にあがるので、［エ］氏《し》の話《はなし》もちがっている。ズバリ、本物《ほんもの》のウミガメ博士《はかせ》は、ウミガメが［オ］で呼吸《こきゅう》することを話《はな》した［カ］氏《し》である。

サバイバル推理《すいり》

9 本物《ほんもの》のウミガメ博士《はかせ》を探《さが》せ！

解答《かいとう》&解説《かいせつ》

1

ア イベント　イ うみのかめた
ウ 三人　エ うみき

「海野亀太《うみのかめた》」「海鮮《うみき》」と漢字《かんじ》で書《か》いても正解《せいかい》です。

まず、全体《ぜんたい》の流《なが》れをしっかりとつかみましょう。
水族館《すいぞくかん》で行《おこな》われるウミガメのイベントのために、三人《さんにん》のウミガメ博士《はかせ》が現《あらわ》れました。本物《ほんもの》は一人《ひとり》だけです。文章《ぶんしょう》をよく読《よ》んで、ウミガメの特徴《とくちょう》をつかむことで、本物《ほんもの》のウミガメ博士《はかせ》を見《み》ぬくことができます。

2

ウミガメ……ア　エ
陸《りく》のカメ……イ　ウ

56ページの中《なか》ほどで海鮮《うみき》が説明《せつめい》する、陸《りく》のカメとのちがいから、ウミガメの体《からだ》の特徴《とくちょう》を読《よ》み取《と》ります。

3

えら、はい

「肺《はい》」と漢字《かんじ》で書《か》いても正解《せいかい》です。

ウミガメも陸《りく》のカメも同《おな》じは虫類《ちゅうるい》で、どちらも肺《はい》で呼吸《こきゅう》することをおさえておきましょう。

4

ウ、エ

57ページで海鮮《うみき》が、ウミガメの産卵《さんらん》について説明《せつめい》しています。

ココがポイント

5

A氏—3、B氏—2、C氏—1

三人《さんにん》がウミガメについて話《はな》したことはどんな内容《ないよう》だったのか、よく読《よ》んでまとめましょう。

6

ア かくせない　イ A　ウ メス
エ B　オ はい　カ C

ウミガメについて正《ただ》しい話《はなし》をした人《ひと》を探《さが》します。甲《こう》らの中《なか》に頭《あたま》と足《あし》をかくすのは陸《りく》のカメなので、A《エー》氏《し》の話《はなし》はちがいます。産卵《さんらん》のために陸《りく》にあがるのは、メスのウミガメだけなので、B《ビー》氏《し》の話《はなし》もちがいます。C《シー》氏《し》は、肺《はい》で呼吸《こきゅう》することを正《ただ》しく伝《つた》えているので、本物《ほんもの》のウミガメ博士《はかせ》だとわかります。

海《うみ》の生《い》き物《もの》のサバイバルデータ／ウミガメの巻《まき》

ウミガメは、おもに熱帯《ねったい》から温帯《おんたい》の海《うみ》でくらしていて、世界中《せかいじゅう》に7〜8種類《しゅるい》います。日本《にほん》でみられるのは、アカウミガメとアオウミガメ、タイマイ、オサガメの4種類《しゅるい》です。

このうち、アカウミガメがもっとも多《おお》くみられます。毎年《まいとし》6〜8月《がつ》ごろの夜《よる》にメスが各地《かくち》の砂浜《すなはま》に上陸《じょうりく》して、ひれのようなあしで砂《すな》を50センチメートルほどの深《ふか》さに掘《ほ》り、直径約《ちょっけいやく》4センチメートルの卵《たまご》を100個《こ》くらい産《う》みます。産卵《さんらん》する場所《ばしょ》や産卵数《さんらんすう》は年々少《ねんねんすく》なくなってきていて、各地《かくち》で保護《ほご》活動《かつどう》が進《すす》められています。

メスは涙《なみだ》を流《なが》しながら卵《たまご》を産《う》むと言《い》われますが、これは痛《いた》いからとか悲《かな》しいからではありません。ウミガメには体《からだ》に入《はい》ったよぶんな塩分《えんぶん》を、水分《すいぶん》といっしょに体《からだ》の外《そと》に出《だ》すしくみがあるのです。産卵《さんらん》のときだけでなく、目《め》のそばにある塩腺《えんせん》という場所《ばしょ》からいつも液体《えきたい》を出《だ》しているのです。

卵《たまご》を産《う》み終《お》えたメスは、卵《たまご》に砂《すな》をかぶせてかため、海《うみ》に帰《かえ》っていきます。そして、まわりの海域《かいいき》に移動《いどう》し、数週間《すうしゅうかん》おいて、別《べつ》の場所《ばしょ》に上陸《じょうりく》して卵《たまご》を産《う》みます。これを産《さん》卵《らん》シーズンの間《あいだ》、数回《すうかい》くりかえします。

卵《たまご》は砂《すな》の中《なか》で1か月半《げつはん》〜2か月半《げつはん》ほどたつとふ化《か》し、子《こ》ガメが地上《ちじょう》に出《で》てきます。すぐに海《うみ》を目指《めざ》して歩《ある》き出《だ》し、海《うみ》に着《つ》いたものは長《なが》い旅《たび》に出《で》ます。日本《にほん》で生《う》まれた子《こ》ガメは、海流《かいりゅう》に乗《の》って北《きた》アメリカ西海岸《にしかいがん》まで旅《たび》をします。そこで10年以上《ねんいじょう》かけて大人《おとな》になると、太平洋《たいへいよう》を横断《おうだん》して再《ふたた》び日本《にほん》の近《ちか》くにきて、くらすのです。メスは30歳《さい》くらいになると、産卵《さんらん》をするようになります。

▲産卵中《さんらんちゅう》のアカウミガメ。

その後《ご》のストーリー

「本物《ほんもの》のウミガメ博士《はかせ》は、あなたですよね！」

海鮮《うみき》がC氏《シーし》に向《む》かって勢《いきお》いよく言《い》うと、C氏《シーし》は話《はな》し始《はじ》めた。

「実《じつ》は、ボクら三人《さんにん》は知《し》り合《あ》いで、ボクがイベントに出《で》る話《はなし》をしたら、二人《ふたり》ともいっしょに出《で》たいと、ついてきてしまったんです……。」

A氏《エーし》は海《うみ》にもぐるダイバーで、自分《じぶん》がきれいに泳《およ》ぐ姿《すがた》をみんなに見《み》てほしかったそう。B《ビー》氏《し》は写真家《しゃしんか》で、これまでとったウミガメの産卵《さんらん》の写真《しゃしん》を、おひろめしたかったそう。二人《ふたり》とも、ウミガメにくわしいわけではなく、C氏《シーし》は、いつ正直《しょうじき》に言《い》うべきか、ずっとそわそわしていたんだ。

C氏《シーし》はくるっと海鮮《うみき》のほうを向《む》くと、「ウミガメについてたくさん調《しら》べているんですね。イベントで、いっしょに話《はな》しませんか？」

本物《ほんもの》のウミガメ博士《はかせ》にほめられて、海鮮《うみき》はとてもうれしそうだったよ。

サバイバル推理《すいり》

10

生《い》き返《かえ》ったオオグソクムシ!?

ジオとピピは、海鮮《うみき》に誘《さそ》われて、水族館《すいぞくかん》の深海生物《しんかいせいぶつ》の展示室《てんじしつ》を見学《けんがく》していた。ここには、めずらしい深海生物《しんかいせいぶつ》がたくさん飼育《しいく》されている。

「うわー、なんだコイツ。頭《あたま》からヘンテコな角《つの》が出《で》てるぞ?」

「それに、すごくおっかない顔《かお》〜!」

深海生物《しんかいせいぶつ》を近《ちか》くで見《み》て、おおはしゃぎのジオとピピに、海鮮《うみき》が説明《せつめい》をする。

「それはチョウチンアンコウさ。その角《つの》みたいなものの先《さき》についたかざりをゆらゆらさせて、動《うご》きに誘《さそ》われた獲物《えもの》をパクッと食《た》べるんだ。」

「ねえねえ、あっちのクモみたいに細長《ほそなが》いあしのカニは?」

「あれは、タカアシガニだ。食《た》べるとうまいんだぜ!」

「ほんと!? ぜったい食《た》べたーい!」

と、大声《おおごえ》でさけぶピピを見《み》て苦笑《にがわら》いしていたジオは、ふと小《ちい》さな水《すい》そうをのぞいた。その中《なか》には、十《じっ》センチメートルほどの、あしがたくさんあるうすい灰色《はいいろ》の生《い》き物《もの》がもぞもぞと動《うご》

◀タカアシガニを食《た》べたがるピピ。

推理《すいり》した日《ひ》　□月　□日

?! 文章全体《ぶんしょうぜんたい》を読《よ》んでまとめよう

1 どんな事件《じけん》が起《お》きたのか、□をうめて、まとめましょう。

水族館《すいぞくかん》の ア なんの? □ の展示室《てんじしつ》を見学《けんがく》していたジオとピピは、海鮮《うみき》から イ なんの? □ の脱皮《だっぴ》のしかたを説明《せつめい》してもらった。それからしばらくして、真夜中《まよなか》に水族館《すいぞくかん》にしのびこんだ ウ だれ? □ は、水《すい》そうの中《なか》でオオグソクムシが エ どのように? □ に割《わ》れているのを見《み》た。ところが次《つぎ》の日《ひ》に見《み》たら、生《い》きていた。ピピが前《まえ》の日《ひ》の夜《よる》に見《み》たものは

いていた。

「でっかいダンゴムシがいる！」

「ほんとだ。海《うみ》の底《そこ》にもダンゴムシっているんだね。」

ジオとピピは、その水《すい》そうのそばにかけ寄《よ》った。

「ああ、ダンゴムシの仲間《なかま》でオオグソクムシっていうんだ。めずらしいだろ。この水族館《すいぞくかん》の自慢《じまん》の生《い》き物《もの》の一《ひと》つさ！　グソク（具足《グソク》）っていうのは、よろいのことなんだ。ほら、体《からだ》のからが、よろいを着《き》ているみたいだろ？」

「へえ、おもしろい。海鮮《うみき》ってやっぱり物知《ものし》りなんだね。」

ピピが尊敬《そんけい》のまなざしで見《み》ると、海鮮《うみき》は得意《とくい》そうに説明《せつめい》を続《つづ》けた。

「オオグソクムシは、ヘビみたいに、脱皮《だっぴ》して大《おお》きくなるんだ。」

「だっぴ？」

ピピが首《くび》をひねった。

「成長《せいちょう》するために古《ふる》くなった体《からだ》の皮《かわ》やからを脱《ぬ》ぐことさ。オオグソクムシは脱皮《だっぴ》のしかたもおもしろいんだぜ。」

「どうおもしろいの？」

興味津々《きょうみしんしん》でジオが聞《き》くと、海鮮《うみき》が答《こた》えた。

「体《からだ》の半分《はんぶん》ずつ脱皮《だっぴ》するのさ。最初《さいしょ》に体《からだ》の後《うし》ろ半分《はんぶん》のからを脱《ぬ》いで、それが終《お》わったら前半分《まえはんぶん》のからを脱《ぬ》ぐんだ。そうだ、二人《ふたり》にいいもの見《み》せてあげるよ。」

▶オオグソクムシ

←先《さき》に文章《ぶんしょう》を65ページまで読《よ》みましょう。

何《なん》だったのだろう？

2 オオグソクムシはどんな生《い》き物《もの》ですか。正《ただ》しいものをすべて選《えら》んで○をつけましょう。

ア 角《つの》みたいなものの先《さき》についたかざりで獲物《えもの》を誘《さそ》う。
イ 海《うみ》の底《そこ》にすむダンゴムシの仲間《なかま》。
ウ よろいを着《き》ている生《い》き物《もの》。
エ ヘビのように、脱皮《だっぴ》して成長《せいちょう》する。

3 オオグソクムシはどのように脱皮《だっぴ》しますか。□に合《あ》う言葉《ことば》を文章中《ぶんしょうちゅう》から選《えら》んで書《か》きましょう。

オオグソクムシは、□ずつ脱皮《だっぴ》する。最初《さいしょ》に
体《からだ》の□のからを脱《ぬ》いで、
次《つぎ》に体《からだ》の□のからを脱《ぬ》ぐ。

海鮮《うみき》は、特別《とくべつ》な部屋《へや》にジオたちをつれていった。いくつもある小《ちい》さな水《すい》そうの一《ひと》つに、一匹《いっぴき》のオオグソクムシがいた。

「このオオグソクムシ、そろそろ脱皮《だっぴ》しそうなんだ。ほら、体《からだ》が白《しろ》っぽくなっているだろ。」

「ワタシ、脱皮《だっぴ》しているところ見《み》たーい！ねえ、あと何分《なんぷん》したら脱皮《だっぴ》し始《はじ》めるの？」

「ははは。そんなにすぐにはしないよ。けっこう時間《じかん》がかかるのさ。」

と海鮮《うみき》が笑《わら》うと、ピピは残念《ざんねん》そうな表情《ひょうじょう》になった。

▶海鮮《うみき》はある水《すい》そうを二人《ふたり》に見《み》せた。

それからしばらくたったある日《ひ》、どうしてもオオグソクムシが脱皮《だっぴ》しているところを見《み》たくなったピピは、こっそり真夜中《まよなか》の水族館《すいぞくかん》にしのびこんだ。あのオオグソクムシの水《すい》そうがある薄暗《うすぐら》い部屋《へや》に入《はい》ると、水《すい》そうの中《なか》に何《なに》かうっすらと白《しろ》いものが見《み》えた。目《め》をこらしてよく見《み》ると……。

「きゃあー！」

ピピは、悲鳴《ひめい》をあげた。それは、真《ま》っ二《ぷた》つに割《わ》れたオオグソクムシだったのだ。

「オオグソクムシが死《し》んでいる！　どうしよう。そうだ、ジオに知《し》らせよう。」

ピピはあわてて水族館《すいぞくかん》の外《そと》に出《で》ると、ジオに電話《でんわ》をした。

◀悲鳴《ひめい》をあげたピピ。

4 どうしてピピは「こっそり真夜中《まよなか》の水族館《すいぞくかん》にしのびこんだ」のでしょう。

どうしても ＿＿＿＿ から。

5 ピピは、真夜中《まよなか》の水族館《すいぞくかん》で見《み》たオオグソクムシがどうなったと思《おも》ったのですか。文章中《ぶんしょうちゅう》から選《えら》んで書《か》きましょう。

＿＿＿＿ に割《わ》れて、＿＿＿＿ と思《おも》った。

6 ピピが真夜中《まよなか》の水族館《すいぞくかん》で見《み》た次《つぎ》の日《ひ》、オオグソクムシはどうなっていましたか。正《ただ》しいものを一《ひと》つ選《えら》びましょう。

「どうした、ピピ?」

「ジオ、大変《たいへん》だよ! あのオオグソクムシが!」

「落《お》ち着《つ》けよ、ピピ。いったいどうしたっていうんだ。」

ピピはジオに、水族館《すいぞくかん》で見《み》たものを伝《つた》えた。それを聞《き》いたジオはしばらく何《なに》かを考《かんが》えていたが、急《きゅう》に笑《わら》い出《だ》した。

「ああ、それなら心配《しんぱい》ないよ。」

「ほんとに? だって真《ま》っ二《ぷた》つになってるんだよ?」

「明日《あした》になればわかるさ。」

次《つぎ》の日《ひ》、ジオとピピは海鮮《うみき》に呼《よ》ばれて、水族館《すいぞくかん》にやってきた。

「ジオ、ピピ。あのオオグソクムシ、無事《ぶじ》に脱皮《だっぴ》したぞ!」

海鮮《うみき》がそう言《い》って指《ゆび》さした水《すい》そうの中《なか》には、一匹《いっぴき》のオオグソクムシが動《うご》いている。ピピは驚《おどろ》いた。

「ええっ? あのオオグソクムシ、生《い》き返《かえ》ったの!?」

「ははは、そうじゃないよ。オオグソクムシの脱皮《だっぴ》の特徴《とくちょう》を思《おも》い出《だ》せば、ピピが昨日《きのう》の夜《よる》、何《なに》を見《み》たかがわかるはずさ。」

ジオはそう言《い》って、海鮮《うみき》と目《め》を合《あ》わせてニヤッと笑《わら》った。

はたして、ピピが見《み》たものはいったい何《なん》だったのだろう。

◀オオグソクムシを指《ゆび》さす海鮮《うみき》。

ア 死《し》んでしまったので、新《あたら》しいオオグソクムシに取《と》りかえられていた。

イ 脱皮《だっぴ》を無事《ぶじ》に終《お》えて、水《すい》そうの中《なか》で動《うご》いていた。

ウ 真《ま》っ二《ぷた》つに割《わ》れて死《し》んでしまったが、くっついて生《い》き返《かえ》った。

ズバリ 事件解決《じけんかいけつ》!

7 ピピが真夜中《まよなか》の水族館《すいぞくかん》で見《み》たものは、本当《ほんとう》は何《なん》だったのでしょう。

オオグソクムシは体《からだ》の［ア　　］ずつ脱皮《だっぴ》する。
ズバリ、ピピが真夜中《まよなか》に見《み》て、真《ま》っ二《ぷた》つに割《わ》れて［イ　　］と思《おも》ったオオグソクムシとは、じつは［ウ　　］したあとの［エ　　］だったのだ!

サバイバル推理《すいり》 10

生《い》き返《かえ》ったオオグソクムシ!?

解答《かいとう》&解説《かいせつ》

1

ア 深海生物　イ オオグソクムシ
ウ ピピ　エ 真っ二つ

まず、全体《ぜんたい》の流《なが》れをしっかりとつかみましょう。

ジオとピピは、海鮮《うみき》からオオグソクムシの脱皮《だっぴ》のしかたを教《おそ》わります。その後《ご》、ピピが真夜中《まよなか》の水族館《すいぞくかん》で目撃《もくげき》したものが何《なん》だったのかは、63ページの海《うみ》鮮《き》の説明《せつめい》を読《よ》むとわかります。

2

イ、エ

アは、最初《さいしょ》に出《で》てきたチョウチンアンコウのことです。また、ウは、海鮮《うみき》は「よろいを着《き》ているみたい」と言《い》っていますが、本物《ほんもの》のよろいを着《き》ているわけではありません。

3

体の半分、後ろ半分、前半分

63ページの最後《さいご》で、海鮮《うみき》が話《はな》すオオグソクムシの脱皮《だっぴ》の説明《せつめい》をしっかり読《よ》んで、脱皮《だっぴ》についておさえます。

ここで説明《せつめい》されていることが、今回《こんかい》の事件《じけん》を解決《かいけつ》するてがかりになります。

4

例オオグソクムシが脱皮しているところを見たくなった

ピピが水族館《すいぞくかん》にしのびこんだ理由《りゆう》は、64ページの中《なか》ほどに書《か》かれています。

5

真っ二つ、死んでいる

ピピは、真夜中《まよなか》の水族館《すいぞくかん》で、死《し》んでしまったオオグソクムシを見《み》たと思《おも》っていましたが、実《じつ》はそうではなかったことがあとでわかります。

6

イ

ピピは、「あのオオグソクムシ、生《い》き返《かえ》ったの!?」と驚《おどろ》いています。ピピが、死《し》んだと思《おも》っていたオオグソクムシは、脱皮《だっぴ》を無事《ぶじ》に終《お》えて生《い》きていたのです。

7

ア 半分　イ 死んでいる
ウ だっぴ　エ から（ぬけがら）

「脱皮《だっぴ》」と漢字《かんじ》で書《か》いても正解《せいかい》です。

問題《もんだい》3で答《こた》えたように、オオグソクムシは体《からだ》の半分《はんぶん》ずつ脱皮《だっぴ》します。海鮮《うみき》が、脱皮《だっぴ》は無事《ぶじ》に終《お》わったと言《い》っているので、ピピが見《み》たものは、オオグソクムシが半分《はんぶん》ずつ脱皮《だっぴ》したあとの「から」だったと考《かんが》えられるのです。

深海《しんかい》とは、水深《すいしん》200メートルよりも深《ふか》い場所《ばしょ》のことを言《い》います。ここには、生《い》き物《もの》にとって大切《たいせつ》な太陽《たいよう》の光《ひかり》がほとんど届《とど》きません。そんな特殊《とくしゅ》な世界《せかい》には、変《か》わった生《い》き物《もの》たちがすんでいます。

今回問題《こんかいもんだい》に出《で》てきたオオグソクムシの仲間《なかま》のダイオウグソクムシは、さらに大《おお》きな「海《うみ》のダンゴムシ」です。大《おお》きさはなんと50センチメートルにもなります。ところが、これほど大《おお》きいのに、ほとんど食《た》べ物《もの》を食《た》べません。三重県《みえけん》の鳥羽水族館《とばすいぞくかん》にいたダイオウグソクムシは、5年以上《ねんいじょう》も何《なに》も食《た》べなかったといいます。

深海《しんかい》にはあまり生《い》き物《もの》がいないので、いつ獲物《えもの》をとれるかわかりません。ですから、深海生物《しんかいせいぶつ》にとって、食《た》べられる時《とき》に食《く》いだめし、何日《なんにち》も食《た》べずに過《す》ごすというのは、よくあることなのです。

▲ダイオウグソクムシ

ただ、ダイオウグソクムシがほとんど食《た》べないのに、どうしてあんなに大《おお》きくなれるのかは、深海《しんかい》の大《おお》きななぞの一《ひと》つです。

また、光《ひかり》の少《すく》ない深海《しんかい》ですが、そこにすむ生《い》き物《もの》の中《なか》には、光《ひかり》を出《だ》すものがたくさんいます。多《おお》くは獲物《えもの》をとるのに利用《りよう》しています。たとえば、チョウチンアンコウは、頭《あたま》の先《さき》にぶら下《さ》がった提灯《ちょうちん》のようなかざりが光《ひか》って、獲物《えもの》を引《ひ》き寄《よ》せます。

逆《ぎゃく》に、敵《てき》から身《み》を守《まも》るために光《ひか》るものもいます。光《ひか》ると目立《めだ》つと思《おも》うかもしれませんが、実《じつ》はそうではありません。暗《くら》いと言《い》っても、上《うえ》を見上《みあ》げるとわずかに太陽《たいよう》の光《ひかり》が見《み》えます。自分《じぶん》も光《ひか》ることで、わずかな光《ひかり》にとけこんで、下《した》にいる敵《てき》から見《み》えにくくするのです。深海《しんかい》の生《い》き物《もの》っておもしろいですね。

その後《ご》のストーリー

「じゃあ、ワタシの見《み》たのって、脱皮《だっぴ》したぬけがらだったんだね。暗《くら》くて、近《ちか》くにいたはずのオオグソクムシが見《み》えなかったんだ。よかったあ！」

本当《ほんとう》のことを知《し》って、ピピがほっとした顔《かお》で言《い》った。

そして、ぴょこんと頭《あたま》を下《さ》げた。

「勝手《かって》にしのびこんじゃってごめんなさい！　どうしても脱皮《だっぴ》するところを見《み》たかったの。」

「あんなにきれいにからを脱《ぬ》ぐのは、めずらしいんだ。だから、見《み》まちがえたんだね。そうだ、これをあげるよ。」と、海鮮《うみき》がＤＶＤをピピに渡《わた》した。

「わあ、何《なに》かな？」と、うれしそうなピピを見《み》て、ジオはうらやましそうだ。

あとになってピピが言《い》うには、ＤＶＤの中身《なかみ》はオオグソクムシの脱皮《だっぴ》の様子《ようす》を撮影《さつえい》したものだったそう。脱皮《だっぴ》は時間《じかん》がかかるので、なかなか終《お》わらない。それでもピピはがんばって見続《みつづ》けたんだって。

▶サメに興奮《こうふん》するジオとピピ。

サバイバル推理《すいり》

11 サメの水《すい》そうで大《だい》パニック!

「すごい、サメがいっぱいいるぞ!」

目《め》の前《まえ》を泳《およ》ぐ、たくさんのサメに、ジオは興奮《こうふん》してさけんだ。

「あれは、アオザメ、こっちはイタチザメ、あそこにいるのはシロワニだな。この水族館《すいぞくかん》の巨大水《きょだいすい》そうには、サメが何種類《なんしゅるい》もいるんだぜ。迫力満点《はくりょくまんてん》だろ!」

海鮮《うみき》が一匹一匹《いっぴきいっぴき》、サメを指《ゆび》さしながら得意《とくい》げに説明《せつめい》する。

「ねえ、海鮮《うみき》! あの変《へん》な形《かたち》の石《いし》は何《なに》?」

ピピが、水《すい》そうの底《そこ》にたくさん落《お》ちている、二《に》～三《さん》センチメートルほどの小《ちい》さな白《しろ》っぽい石《いし》のようなものを指《ゆび》さした。

「あれは、ぬけたサメの歯《は》さ。」

海鮮《うみき》は答《こた》えた。

「サメの歯《は》だって? いっぱい落《お》ちてるぞ。あんなに歯《は》がぬけているってことは、ここにいるサメは、ほとんど歯《は》がないんじゃないか。」

ジオの言葉《ことば》にピピが心配《しんぱい》そうに言《い》った。

「それじゃあ、ご飯《はん》食《た》べられないよ? かわいそう!」

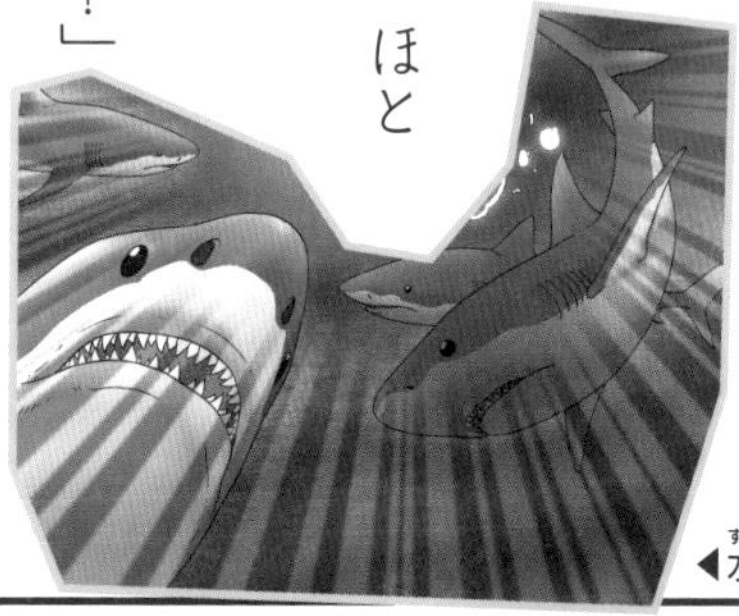

◀水《すい》そうで泳《およ》ぐサメたち。

推理した日　　月　　日

?! 文章全体《ぶんしょうぜんたい》を読《よ》んでまとめよう

1 どんな事件《じけん》が起《お》きたのか、□をうめて、まとめましょう。

ジオは海鮮《うみき》といっしょに、〔ア なにが?〕が泳《およ》ぐ巨大水《きょだいすい》そうの中《なか》に入《はい》って〔イ なにを?〕をすることになった。ところがワイヤーが切《き》れてしまい、ジオと海鮮《うみき》は、そうじ用《よう》の〔ウ なんの?〕の外《そと》に放《ほう》り出《だ》された。〔エ だれの?〕の足《あし》に〔オ なにが?〕がからまって取《と》れなくなってしまったが、〔カ だれが?〕があるものを使《つか》って助《たす》けた。

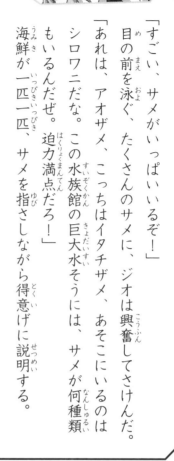

「大丈夫《だいじょうぶ》さ。サメの歯《は》は人間《にんげん》の歯《は》とちがって、ぬけても次《つぎ》から次《つぎ》へと生《は》えてくるんだよ。早《はや》いものだと二《に》、三日《さんにち》おきに生《は》え変《か》わるんだぜ。」

と、海鮮《うみき》が説明《せつめい》する。

底《そこ》に散《ち》らばっているサメの歯《は》を興味深《きょうみぶか》そうに見《み》ていたジオは、あることに気《き》づいた。

「サメの歯《は》はいろんな形《かたち》があるんだな。」

海鮮《うみき》が感心《かんしん》したような顔《かお》をして、ジオに答《こた》える。

「よく気《き》づいたな。サメは種類《しゅるい》によって、歯《は》の形《かたち》がちがうんだ。たとえば、あそこに落《お》ちているのはアオザメの歯《は》だな。キリのようにとがっているだろ？　獲物《えもの》を突《つ》きさす歯《は》なんだ。シロワニもこのタイプの歯《は》だよ。」

「ねえ、海鮮《うみき》。あっちのは何《なん》というサメの歯《は》？」

ピピが平《ひら》たい三角形《さんかくけい》をした歯《は》を指《ゆび》さす。

「あれは、メジロザメのもので、切《き》りさく歯《は》なんだ。よく見《み》ると歯《は》に細《こま》かいギザギザがついているだろう？　あのギザギザは、獲物《えもの》の肉《にく》をスパッと切《き》りさくのに便利《べんり》なんだ。ほかにも、ネコザメのように、かたい貝《かい》がらをすりつぶす、臼《うす》みたいに使《つか》う歯《は》もあるんだ。」


←先《さき》に文章《ぶんしょう》を71ページまで読《よ》みましょう。

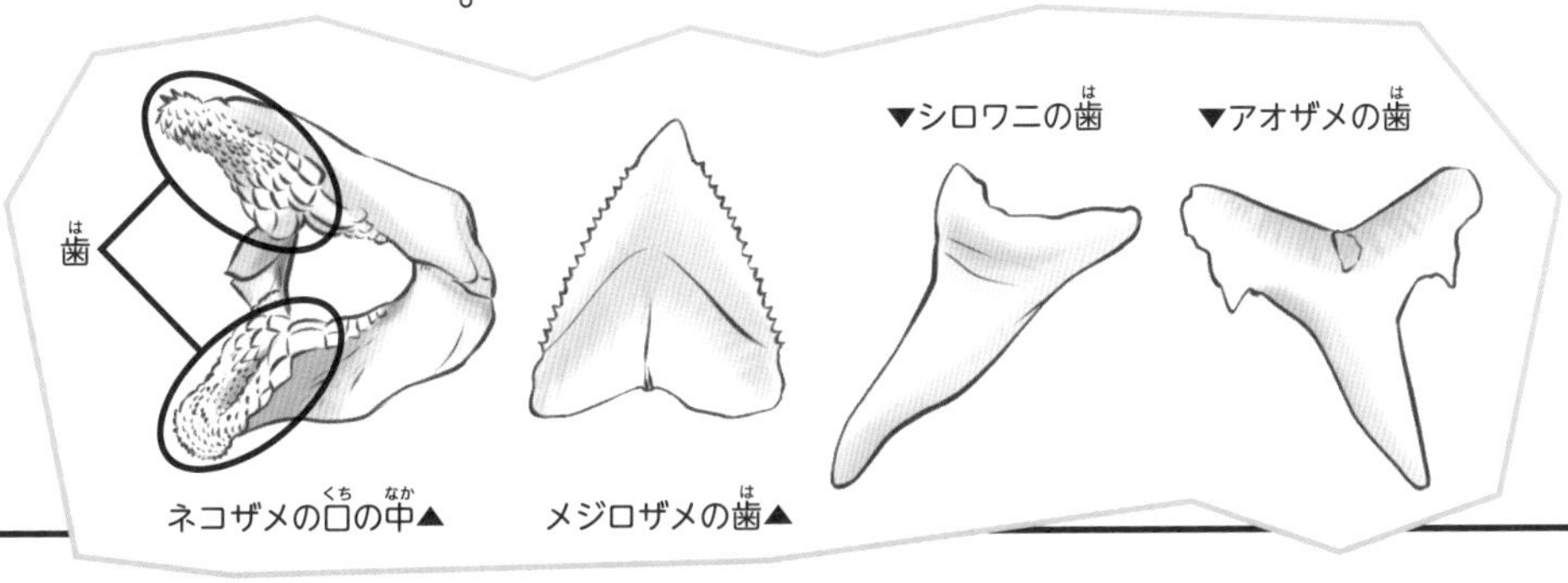

いったい、何《なに》を使《つか》って助《たす》けたのだろう？

2 サメの水《すい》そうの底《そこ》に落《お》ちている、「変《へん》な形《かたち》の石《いし》」とは、いったい何《なん》ですか。文章中《ぶんしょうちゅう》から選《えら》んで、四文字《よんもじ》で答《こた》えましょう。

□□□□

3 サメの歯《は》の特徴《とくちょう》について答《こた》えます。□に合《あ》う言葉《ことば》を文章中《ぶんしょうちゅう》から選《えら》んで書《か》きましょう。

サメの歯《は》は、□
とちがって、ぬけても次《つぎ》から次《つぎ》へと□。

ふと時計《とけい》を見《み》ながら海鮮《うみき》が言《い》った。

「おや、そろそろサメの水《すい》そうをそうじする時間《じかん》だ。」

「ええ！　どうやってやるの？」

びっくりするピピに、海鮮《うみき》は答《こた》える。

「そうじ用《よう》の特別《とくべつ》なおりの中《なか》に入《はい》って、そうじをするんだ。サメがものすごく近《ちか》くで見《み》られて、大迫力《だいはくりょく》なんだぜ。」

それを聞《き》いたジオは、やる気満々《きまんまん》でさけんだ。

「ボクもサメの水《すい》そうのそうじをしたい！」

参加《さんか》することを特別《とくべつ》に許可《きょか》されたジオは、潜水服《せんすいふく》を着《き》た海鮮《うみき》といっしょにそうじ用《よう》のおりに入《はい》った。ゆっくりとおりが水《すい》そうの底《そこ》に下《お》ろされていく。そのとき、
ブツン！

なんと、おりをつっていたワイヤーが切《き》れてしまった。おりは一気《いっき》に落下《らっか》し、水《すい》そうの底《そこ》に打《う》ちつけられた。その衝撃《しょうげき》でとびらが開《ひら》き、ジオと海鮮《うみき》は、たくさんのサメが泳《およ》ぐ、おりの外《そと》に放《ほう》り出《だ》されたのだ。

「あぁっ！　早《はや》く水《すい》そうから上《あ》がって!!」

ピピの悲鳴《ひめい》が、展示室《てんじしつ》の中《なか》に響《ひび》いた。

ジオはあわてて上《うえ》に泳《およ》いでにげようとしたが、海鮮《うみき》がついてこないのに気《き》づいて、振《ふ》り返《かえ》った。すると海鮮《うみき》は、水《すい》そうの底《そこ》でもがいている。底《そこ》に植《う》えてあった海《かい》そうが足《あし》にからまってしまったのだ。あわてて海《かい》そ

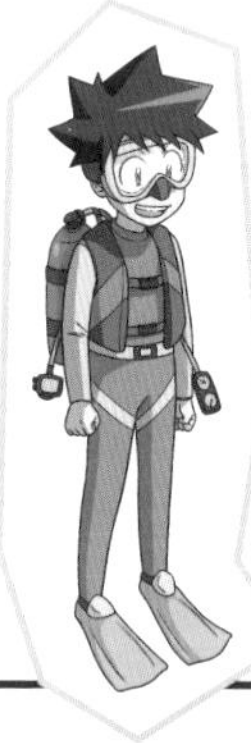

◀潜水服《せんすいふく》を着《き》たジオ。

4 **サメの歯《は》の特徴《とくちょう》をまとめます。合《あ》うものをそれぞれ線《せん》で結《むす》びましょう。**

ア アオザメの歯《は》 ・　　・ ① かたい貝《かい》がらをすりつぶす、臼《うす》みたいに使《つか》う歯《は》

イ メジロザメの歯《は》 ・　　・ ② キリのようにとがった、突《つ》きさす歯《は》

ウ ネコザメの歯《は》 ・　　・ ③ 肉《にく》を切《き》りさく歯《は》

エ シロワニの歯《は》 ・

5 **海鮮《うみき》はどうして、上《うえ》に泳《およ》いでにげようとするジオについてこなかったのですか。**

（　　　　　　　　　　　　）から。

▶海《かい》そうがからまってもがく海鮮《うみき》。

うを取《と》ろうと必死《ひっし》になってあばれる海鮮《うみき》。その激《はげ》しい動《うご》きに、サメたちが興奮《こうふん》して海鮮《うみき》のほうに近《ちか》づいていく。

（海鮮《うみき》！　今《いま》、助《たす》けるぞ！）

ジオは海鮮《うみき》のところまで泳《およ》いで行《い》って、足《あし》にからまった海《かい》そうを取《と》ろうとするが、ぜんぜん取《と》れない。それどころか、海鮮《うみき》が足《あし》をバタバタさせるので、さらにからまってしまう。

その間《あいだ》にもサメたちが、どんどん近《ちか》づいてくる。

（まずいぞ。何《なに》か、海《かい》そうを切《き》るものはないかな？）

そう思《おも》ってまわりをきょろきょろ見回《みまわ》すジオ。すると、水《すい》そうの底《そこ》にたくさん落《お》ちている、あるものがジオの目《め》に入《はい》った。

その瞬間《しゅんかん》、ジオはひらめいた。

（そうだ、あれを使《つか》えば海《かい》そうを切《き》ることができるかもしれないぞ！）

こうして、ジオは無事《ぶじ》に海鮮《うみき》を助《たす》けて、いっしょに水《すい》そうから上《あ》がることができた。

いったいジオは、何《なに》を使《つか》って海鮮《うみき》を助《たす》けたのだろう。

◀まわりを見回《みまわ》すジオ。

ズバリ　事件解決《じけんかいけつ》！

6　ジオは、何《なに》を使《つか》って海鮮《うみき》を助《たす》けたのでしょう。

サメの巨大水《きょだいすい》そうの底《そこ》には、ア［　　　］がたくさん落《お》ちている。

そのうち、海鮮《うみき》の足《あし》にからまったイ［　　　］を切《き》ることができるのは、ウ［　　　］のに便利《べんり》な歯《は》だ。

ズバリ、ジオは、エ［　　　］を使《つか》って、海鮮《うみき》を助《たす》けたのだ！

サバイバル推理 11 サメの水そうで大《だい》パニック！

解答《かいとう》&解説《かいせつ》

❶

㋐サメ　㋑そうじ　㋒おり
㋓うみき　㋔海そう　㋕ジオ
「海鮮《うみき》」と漢字《かんじ》で書《か》いても正解《せいかい》です。

まず、全体《ぜんたい》の流《なが》れをしっかりとつかみましょう。今回《こんかい》起《お》きた事件《じけん》がどのように解決《かいけつ》されたかを推理《すいり》するには、文章《ぶんしょう》の中《なか》で説明《せつめい》されているサメの歯《は》の特徴《とくちょう》を読《よ》み取《と》ることが重要《じゅうよう》です。

❷

サメの歯

68ページ中《なか》ほどのピピの質問《しつもん》に対《たい》して、「あれは、ぬけたサメの歯《は》さ。」と海鮮《うみき》が答《こた》えています。

❸

人間の歯、生えてくる

69ページのはじめで、海鮮《うみき》が、サメの歯《は》は次《つぎ》から次《つぎ》へと生《は》え変《か》わることを説《せつ》明《めい》しています。

❹

㋐―②、㋑―③、
㋒―①、㋓―②

69ページ後半《こうはん》の海鮮《うみき》の説明《せつめい》をよく読《よ》みましょう。サメの種類《しゅるい》によってちがう歯《は》の形《かたち》と働《はたら》きをおさえることが、推理《すいり》のポイントになります。

❺

例（水そうの底に植えてあった）海そうが足にからまった

海鮮《うみき》の足《あし》に、海《かい》そうがからまったことが書《か》けていれば正解《せいかい》です。足《あし》に海《かい》そうがからまったために、海鮮《うみき》はジオといっしょににげることができなかったのです。

❻

㋐サメの歯　㋑海そう
㋒切りさく
㋓メジロザメの歯

問題《もんだい》❹で、メジロザメが肉《にく》を切《き》りさく歯《は》を持《も》つことをおさえましょう。ジオが「あれを使《つか》えば海《かい》そうを切《き》ることができるかもしれない」と思《おも》いついています。つまり海《かい》そうを切《き》ることができるのは、切《き》りさくタイプのサメの歯《は》です。

海《うみ》の生《い》き物《もの》のサバイバルデータ いろいろなサメの巻《まき》

一口《ひとくち》にサメといっても、実《じつ》は形《かたち》も生態《せいたい》もさまざまで、世界中《せかいじゅう》にたくさんの種類《しゅるい》がいます。

まず、サメといわれて思《おも》いうかべるのはホホジロザメでしょう。サメの代表的《だいひょうてき》な存在《そんざい》で、「海《うみ》の王者《おうじゃ》」と言《い》われます。人食《ひとく》いザメとも言《い》われ、人間《にんげん》を襲《おそ》う事件《じけん》も起《お》きていますが、人間《にんげん》とわかって襲《おそ》っているのではなく、普段食《ふだんた》べているオットセイやアシカと大《おお》きさが似《に》ているので、まちがってかじりついてしまうようです。

▲ホホジロザメ

体長《たいちょう》が最大《さいだい》で15メートルにもなるといわれる、世界最大《せかいさいだい》の魚《さかな》ジンベエザメは、水族館《すいぞくかん》の人気者《にんきもの》ですが、姿《すがた》だけを見《み》ると、とてもサメには見《み》えません。性格《せいかく》もおだやかで、するどい歯《は》も持《も》っていません。大《おお》きな口《くち》を開《あ》けて、小《ちい》さなエビの群《む》れなどを丸飲《まるの》みして食《た》べます。

▲ジンベエザメ

サメの中《なか》でおもしろい形《かたち》をしているといえば、シュモクザメがいちばんでしょう。シュモク（撞木《しゅもく》）とは、お寺《てら》で鐘《かね》をたたくときに使《つか》う、トンカチのような形《かたち》をした道具《どうぐ》です。シュモクザメは両目《りょうめ》の部分《ぶぶん》が左右《さゆう》に突《つ》き出《だ》していて、その名《な》の通《とお》り、頭《あたま》がまるでトンカチのようです。

しかし、ユニークな姿《すがた》をしているからといって油断《ゆだん》してはいけません。このサメは肉食《にくしょく》で、とても危険《きけん》なのです。

▲シュモクザメ

その後《ご》のストーリー

「ありがとう、ジオ。あそこでメジロザメの歯《は》を使《つか》うことを思《おも》いつくなんて、さすがはサバイバルキングだ！」

無事《ぶじ》にサメの水《すい》そうから出《で》ると、海鮮《うみき》はジオにお礼《れい》を言《い》った。

「気《き》にするなって。」

ジオと海鮮《うみき》は、がっちり握手《あくしゅ》をした。そこにピピが駆《か》けこんで来《き》た。

「もー、心配《しんぱい》しちゃったよ。」

「ははは、ごめんごめん。」

ジオと海鮮《うみき》が頭《あたま》をかいた。

「でも、ワタシだったらジオよりもっといい方法《ほうほう》を使《つか》ったわよ。」

ピピがふふんと鼻《はな》をならした。

「え？ どんな方法《ほうほう》？」

ジオが聞《き》くと、ピピはぐわっと大《おお》きく口《くち》を開《あ》けて、「この自慢《じまん》の歯《は》で、足《あし》にからみついた海《かい》そうを食《た》べるのよ！」

「……。」

食《く》いしん坊《ぼう》のピピらしい考《かんが》えに、ジオと海鮮《うみき》はあきれ顔《がお》だったよ。

サバイバル 推理《すいり》

12 どろぼうを退治《たいじ》したヒーロー

▶イルカの水《みず》しぶきをあびたジオたち。

バシャーン！

「わあああ〜！」

イルカが大《おお》きくジャンプするたびに歓声《かんせい》が上《あ》がる。

ジオとピピは水族館《すいぞくかん》の名物《めいぶつ》、イルカショーを楽《たの》しんでいた。

「イルカって、かわいい魚《さかな》だね。」

ピピがこう言《い》うと、ジオが首《くび》をふりながら、

「ピピ、知《し》らなかったのか。イルカやクジラって、魚《さかな》じゃないんだぜ。」

ピピは目《め》の前《まえ》を泳《およ》ぐイルカを指《ゆび》さして、不思議《ふしぎ》そうに言《い》った。

「え？　だって形《かたち》はどう見《み》ても魚《さかな》だよ。」

いっしょにイルカショーを見《み》ていた海鮮《うみき》が、ピピに説明《せつめい》する。

「イルカやクジラはボクたちと同《おな》じ、ほ乳類《にゅうるい》の仲間《なかま》なんだ。じつは、大昔《おおむかし》にいたイルカやクジラのご先祖《せんぞ》さまは、もともと四本足《よんほんあし》の動物《どうぶつ》だったんだ。それが海《うみ》で暮《く》らしているうちに、足《あし》がひれに変《か》わって、魚《さかな》のような形《かたち》に進化《しんか》したんだ。海《うみ》で暮《く》らすには、そのほうが便利《べんり》だったんだね。」

◀ジャンプするイルカ。

推理《すいり》した日《ひ》 □月□日

?! 文章全体《ぶんしょうぜんたい》を読《よ》んでまとめよう

1 どんな事件《じけん》が起《お》きたのか、□をうめて、まとめましょう。

名物《めいぶつ》の水族館《すいぞくかん》で、どろぼうが貴重《きちょう》な［ア なにが？］が［イ なにを？］をぬすんだ。

ジオたちがつかまえたが、ぬすんだ物《もの》は［ウ なに？］か、［エ なに？］のどちらかの水《すい》そうに落《お》ちているはずだという。

どろぼうの話《はなし》を聞《き》いた［オ だれ？］は、どちらの水《すい》そうなのかがわかった。

いったい、どちらの水《すい》そうだろう？

イルカショーが終《お》わると、海鮮《うみき》はジオたちをひときわ大《おお》きな展示室《てんじしつ》に連《つ》れてきた。展示室《てんじしつ》の中《なか》には、大《おお》きな二《ふた》つの水《すい》そうがあって、それぞれイルカとサメが泳《およ》いでいた。

「ここは、イルカと魚《さかな》のちがいを観察《かんさつ》するための部屋《へや》なんだ。」

海鮮《うみき》は二《ふた》つの水《すい》そうを指《ゆび》さすと、説明《せつめい》を始《はじ》めた。

「形《かたち》が似《に》ていても、イルカと魚《さかな》では体《からだ》のつくりがちがうんだ。イルカはほ乳類《にゅうるい》だから、魚《さかな》みたいに水中《すいちゅう》で呼吸《こきゅう》ができない。だから三十分《さんじっぷん》おきくらいに顔《かお》を水《みず》の上《うえ》に出《だ》して、息《いき》をしているよ。それに、泳《およ》ぎ方《かた》もぜんぜんちがう。ほら、イルカとサメの泳《およ》ぎ方《かた》を見《み》くらべてみて。」

「うーん。ワタシには同《おな》じように見《み》えるけど。」

ピピが首《くび》をかしげたが、ジオは何《なに》かに気《き》づいたようだ。

「あっ、サメは体《からだ》を左右《さゆう》にふって泳《およ》いでいるけど、イルカは体《からだ》を上下《じょうげ》にふって泳《およ》いでいるぞ！」

「よく気《き》づいたな。そこが魚《さかな》とイルカの泳《およ》ぎ方《かた》の大《おお》きなちがいさ。尾《お》びれを見《み》てみろよ。サメは体《からだ》に対《たい》してたてについているけれど、イルカは体《からだ》に対《たい》して横《よこ》についているだろう。それぞれの泳《およ》ぎ方《かた》に合《あ》った、尾《お》びれのつき方《かた》をしているのさ。」

◀イルカとサメの尾《お》びれのつき方《かた》のちがい。

⬅先《さき》に文章《ぶんしょう》を77ページまで読《よ》みましょう。

2 海鮮《うみき》は、イルカは何《なん》の仲間《なかま》だと言《い》っていますか。

［　　　　］の仲間《なかま》。

3 サメ(魚《さかな》)とイルカの泳《およ》ぎ方《かた》のちがいは何《なん》ですか。□に合《あ》う言葉《ことば》を文章中《ぶんしょうちゅう》から選《えら》んで書《か》きましょう。

ア サメの泳《およ》ぎ方《かた》……体《からだ》を［　　　　］泳《およ》ぐ。

イ イルカの泳《およ》ぎ方《かた》……体《からだ》を［　　　　］泳《およ》ぐ。

▶ハンバーガーに夢中《むちゅう》のピピ。

見学《けんがく》を終《お》えたジオたちは、水族館《すいぞくかん》のカフェで海鮮《うみき》にごちそうになっていた。すると、外《そと》からさわがしい音《おと》が聞《き》こえてきた。ハンバーガーに夢中《むちゅう》のピピをおいてろう下《か》に出《で》てみると、飼育員《しいくいん》たちが走《はし》り回《まわ》っている。

ついさっき、水族館《すいぞくかん》にどろぼうが入《はい》り、「海《うみ》のおたからコーナー」に展示《てんじ》していた貴重《きちょう》な真《しん》じゅをぬすんでにげたという。

「どろぼうはまだ、この水族館《すいぞくかん》の中《なか》にいるにちがいない。」

海鮮《うみき》が言《い》うと、ジオが張《は》り切《き》り出《だ》した。

「よし、ボクたちでどろぼうをつかまえよう！」

ジオと海鮮《うみき》は、さっそく、どろぼうをさがし始《はじ》めた。

すると、先《さき》ほどのイルカとサメの水《すい》そうがある展示室《てんじしつ》で、びしょぬれの男《おとこ》の人《ひと》が、気絶《きぜつ》して倒《たお》れているのを発見《はっけん》した。

「だいじょうぶですか？」

海鮮《うみき》が聞《き》くと、男《おとこ》の人《ひと》はうーんとうなって目《め》を覚《さ》ました。そしてポケットに手《て》を入《い》れると、あわてて始《はじ》めた。

「あれ、ない、ないぞ！　せっかくぬすんだ真《しん》じゅがない！」

それを聞《き》いたジオがさけんだ。

「海鮮《うみき》、そいつがどろぼうだ！　つかまえろ！」

どろぼうはつかまえたものの、なぜか、真《しん》じゅは見《み》つからない。ジオ

4 **サメとイルカの尾《お》びれについて答《こた》えます。□に合《あ》う言葉《ことば》を文章中《ぶんしょうちゅう》から選《えら》んで書《か》きましょう。**

サメの尾《お》びれは、体《からだ》に対《たい》して ア［　　］ に ついていて、イルカの尾《お》びれは、体《からだ》に対《たい》して イ［　　］ についている。それぞれの ウ［　　］ に合《あ》ったつき方《かた》をしている。

5 **どろぼうは、飛《と》びこんだ水《すい》そうについて、何《なん》と言《い》っていますか。それぞれ正《ただ》しいものに○をつけましょう。**

ア（暗《くら》かった／あわてていた）ので、どっちの水《すい》そうに飛《と》びこんだのかは イ（覚《おぼ》えていない／覚《おぼ》えている）。

中《なか》にいた生《い》き物《もの》の尾《お》びれで ウ（横《よこ》から／上《うえ》から）頭《あたま》をたたかれた気《き》がする。

がぬすんだ時《とき》のことを聞《き》くと、どろぼうはしぶしぶ話《はな》し始《はじ》めた。

「ぬすんだのが見《み》つかって追《お》いかけられたから、かくれようと思《おも》ってこの展示室《てんじしつ》の水《すい》そうの中《なか》に飛びこんだんだ。ところが、水《みず》の中《なか》で、中《なか》の生《い》き物《もの》に頭《あたま》をたたかれたのさ。気《き》を失《うしな》いそうになって、なんとか外《そと》に出《で》て……あとは覚《おぼ》えていない。真《しん》じゅはきっと飛《と》びこんだ水《すい》そうの中《なか》に落《お》ちているはずだ。」

「サメとイルカの水《すい》そうがあるけど、どっちの水《すい》そう？」

ジオが聞《き》くと、どろぼうは言《い》った。

「あわてていたから、どっちの水《すい》そうかなんて覚《おぼ》えていないよ。ただ、中《なか》にいた生《い》き物《もの》は、よく見《み》えなかったけど、魚《さかな》みたいだったぞ。ああ、それから、尾《お》びれで上《うえ》から頭《あたま》をたたかれた気《き》がする。」

どろぼうの言葉《ことば》にジオはぴんときた。

「上《うえ》からたたかれた……？　なるほど！　どっちの水《すい》そうに真《しん》じゅが落《お》ちているかわかったぞ！」

さて、どろぼうが真《しん》じゅを落《お》とした水《すい》そうはどっちだろう。

◀ジオは真《しん》じゅが落《お》ちている水《すい》そうがわかったようだ。

ズバリ 事件解決《じけんかいけつ》！

6 ジオは、どろぼうの話《はなし》からどのような推理《すいり》をしたのでしょう。

どろぼうは、尾《お》びれで［ア　　］から頭《あたま》をたたかれた気《き》がすると言《い》っている。つまり、水《すい》そうの中《なか》の生《い》き物《もの》は、体《からだ》を［イ　　］泳《およ》いでいたと考《かんが》えられる。

ズバリ、どろぼうが［ウ　　］を落《お》としたのは、［エ　　］の水《すい》そうだ！

サバイバル推理《すいり》 12 どろぼうを退治《たいじ》したヒーロー

解答《かいとう》&解説《かいせつ》

❶

ア イルカショー　イ 真じゅ　ウ サメ　エ イルカ　オ ジオ

✎ ウとエは、順番《じゅんばん》がちがっていても正解《せいかい》です。

まず、全体《ぜんたい》の流《なが》れをしっかりとつかみましょう。前半《ぜんはん》で、サメ（魚《さかな》）とイルカの泳《およ》ぎ方《かた》の特徴《とくちょう》をとらえ、後半《こうはん》でその知識《ちしき》を使《つか》って、どろぼうが入《はい》った水《すい》そうを推《すい》理《り》することになります。

❷

ほにゅうるい

✎「ほ乳類《にゅうるい》」と漢字《かんじ》で書《か》いても正解《せいかい》です。

74ページ後半《こうはん》で海鮮《うみき》が、イルカが何《なん》の仲間《なかま》なのかを、説明《せつめい》しています。

ココがポイント ❸

ア 左右にふって　イ 上下にふって

サメ（魚《さかな》）とイルカ、それぞれの泳《およ》ぎ方《かた》について、75ページ後半《こうはん》でジオが話《はな》しています。ここで答《こた》えた泳《およ》ぎ方《かた》の特徴《とくちょう》が、推理《すいり》の手《て》がかりになります。

❹

ア たて　イ 横　ウ 泳ぎ方

尾《お》びれのつき方《かた》については、75ページ後半《こうはん》で海鮮《うみき》が説明《せつめい》しています。

❺

ア あわてていた　イ 覚えていない　ウ 上から

77ページ後半《こうはん》に書《か》かれています。どろぼうは、どちらの水《すい》そうに飛《と》びこんだのかはわからないけれど、生《い》き物《もの》の尾《お》びれで上《うえ》から頭《あたま》をたたかれたと説明《せつめい》しています。

❻

ア 上　イ 上下にふって　ウ（貴重な）真じゅ　エ イルカ

問題《もんだい》❺でまとめたどろぼうの証言《しょうげん》から、どろぼうが飛《と》びこんだ水《すい》そうの生《い》き物《もの》は、尾《お》びれを上《うえ》から下《した》に動《うご》かしていたことがわかります。この動《うご》かし方《かた》から、体《からだ》を上下《じょうげ》にふって泳《およ》ぐ生《い》き物《もの》であることが推理《すいり》できます。つまり、どろぼうが真《しん》じゅを落《お》としたのは、イルカの水《すい》そうだったのです。

海《うみ》の生《い》き物《もの》のサバイバルデータ　イルカのひみつの巻《まき》

　かわいらしい姿《すがた》のイルカは人気《にんき》の生《い》き物《もの》です。でも、意外《いがい》に知《し》られていないひみつがたくさんあります。たとえば、イルカは本当《ほんとう》はクジラだって知《し》っていましたか？

　イルカは、専門的《せんもんてき》に言《い》うとハクジラ亜目《あもく》という動物《どうぶつ》のグループに入《はい》っています。ハクジラとは、マッコウクジラのように、歯《は》のあるクジラのことです。そして、だいたい４～５メートルより小《ちい》さいハクジラの仲《なか》間《ま》をイルカと呼《よ》んでいます。つまり、イルカは小《ちい》さいクジラのことなのです。ちなみに、イルカによく似《に》ているシャチも実《じつ》はクジラの仲間《なかま》で、英語《えいご》では「キラーホエール(殺《ころ》し屋《や》のクジラ)」と言《い》います。なかなかおそろしい名前《なまえ》ですね。

◀イルカはハクジラの仲間《なかま》

　イルカは眠《ねむ》り方《かた》にもひみつがあります。脳《のう》の半分《はんぶん》を休《やす》ませ、残《のこ》り半分《はんぶん》が起《お》きているという方法《ほうほう》で、なんと泳《およ》ぎながら眠《ねむ》れるのです。これを「半球睡眠《はんきゅうすいみん》」といいます。

　水族館《すいぞくかん》に行《い》ったら、イルカをよく観察《かんさつ》してみましょう。ときどき左目《ひだりめ》か右目《みぎめ》だけを閉《と》じて泳《およ》いでいることがあります。これが、眠《ねむ》りながら泳《およ》いでいるときです。左目《ひだりめ》を閉《と》じているときは右脳《うのう》を休《やす》ませていて、右《みぎ》目《め》を閉《と》じているときは左脳《さのう》を休《やす》ませています。こうすることで、危険《きけん》が迫《せま》っていないかを常《つね》に確認《かくにん》することができるわけです。といっても、安全《あんぜん》だと思《おも》う場所《ばしょ》では、両目《りょうめ》を閉《と》じて完全《かんぜん》に眠《ねむ》っていることもあるようです。

その後《ご》のストーリー

　真《しん》じゅをさがすために、ジオと海鮮《うみき》は、イルカの水《すい》そうに入《はい》った。ところが、いくらさがしても見《み》つからない。

「ジオの推理《すいり》、まちがってないか？」と、水《すい》そうから上《あ》がった海鮮《うみき》がぼやいた。

「どろぼうが飛《と》びこんだのはイルカの水《すい》そうにまちがいないんだ。ほら、どろぼうのくつが底《そこ》に落《お》ちていたよ。」

　ジオは自信《じしん》たっぷりにそう言《い》って、手《て》に持《も》ったどろぼうのくつをブンブンとふった。すると、くつから、何《なに》か小《ちい》さなものが飛《と》び出《だ》した。

「あ、真《しん》じゅだ！」

　海鮮《うみき》がさけぶと同時《どうじ》に、
　ボチャン!!

　真《しん》じゅは、なんと、サメの水《すい》そうに落《お》ちてしまった。

「げげえ……。」

　顔《かお》を見合《みあ》わせる二人《ふたり》。

　サメはおそろしい顔《かお》つきをして、水《すい》そうの中《なか》から、にらむように二人《ふたり》を見《み》ていた……。

監修	青木伸生（筑波大学附属小学校教諭） 辻健（筑波大学附属小学校教諭）
編集デスク	福井洋平
編集	市川綾子
編集協力	大宮耕一、上村ひとみ、大木邦彦（トリトン）、新保京子、原真喜大・原徳了（スキップ）
ストーリー構成	GEN（ゲン）［推理１～６］ 1983年進研ゼミ小学校低学年講座開講に参画。『読めますか？　小学校で習った漢字』（サンリオ）、『齋藤孝の書いておぼえる語彙力アップドリル』（幻冬舎）、まんが人物伝『アンネ・フランク』『ナイチンゲール』（KADOKAWA）などの企画・編集協力。ポピー会員情報誌で『脳みそトレーニング』を連載。小学生向けプログラミング教材も手がける。
絵	韓賢東《ハンヒョンドン》
絵・協力	広野りお
校正	鷗来堂
デザイン・DTP	宇都木スズムシ・松浦リョウスケ（ムシカゴグラフィクス）
写真提供	山口市環境政策課（P31 砂茶碗）・フォトライブラリー・PIXTA・iStock・朝日新聞フォトアーカイブ
主な参考文献	『うみのかくれんぼ　いろをかえてかくれる　タコ・ヒラメ・イカほか』武田正倫監修・金の星社／『なぜ？の図鑑　魚』本村浩之監修・学研プラス／『講談社の動く図鑑MOVE魚』福井篤監修・講談社／『学研の図鑑LIVEポケット⑧魚』本村浩之監修・学研プラス／『これだけは知っておきたい（31）魚の大常識』林公義監修・ポプラ社／『NATIONALGEOGRAPHICミッション・ウミガメ・レスキュー』カレン・ロマノ・ヤング著・ハーパーコリンズ・ジャパン／『オオグソクムシの本』森山徹著・青土社／『さめ先生が教える サメのひみつ10』仲谷一宏著・ブックマン社／『科学のアルバム カニのくらし』桜井淳史写真・小池康之文・あかね書房／『イルカのひみつ（飼育員さん教えて！）』松橋利光 写真・池田菜津美 文・新日本出版社／『ふしぎがいっぱいの人気者！　イカとタコの大研究』土屋光太郎監修・PHP研究所／『楽しい調べ学習シリーズ 海辺の生きもの大探検！』川嶋一成著・PHP研究所／『水から出た魚たち ムツゴロウとトビハゼの挑戦』田北徹・石松惇共著・海游舎

なぞ解《と》きサバイバルシリーズ
サバイバル＋文章読解《ぶんしょうどっかい》
推理《すいり》ドリル　海《うみ》の生《い》き物《もの》編《へん》

2020年11月30日　第1刷発行
2022年 6 月20日　第2刷発行

編著　朝日新聞出版／絵・韓賢東《ハンヒョンドン》
発行者　片桐圭子
発行所　朝日新聞出版
〒104-8011 東京都中央区築地5-3-2
編集　生活・文化編集部
電話　03-5540-7015（編集）
03-5540-7793（販売）
印刷所　株式会社　リーブルテック
ISBN978-4-02-331898-4

定価は表紙に表示してあります。

落丁・乱丁の場合は弊社業務部（03-5540-7800）へご連絡ください。送料弊社負担にてお取り替えいたします。

監修者紹介

青木伸生（あおき・のぶお）
筑波大学附属小学校 国語教育研究部 教諭。

1965年千葉県生まれ。東京学芸大学卒業後、東京都の教員を経て現職。

全国国語授業研究会会長。教育出版国語教科書編著者。日本国語教育学会常任理事。筑波大学非常勤講師。

著書に『青木伸生の国語授業　3ステップで深い学びを実現！　思考と表現の枠組みをつくるフレームリーディング』『青木伸生の国語授業　フレームリーディングで文学の授業づくり』『青木伸生の国語授業　フレームリーディングで説明文の授業づくり』『基幹学力をはぐくむ「言語力」の授業』（いずれも明治図書出版）、『プレミアム講座ライブ　青木伸生の国語授業のつくり方』（東洋館出版社）ほか多数。

辻健（つじ・たけし）
筑波大学附属小学校 理科教育研究部 教諭。

1973年福岡県生まれ。横浜市の教員を経て、現職。

日本初等理科教育研究会役員。日本理科教育学会『理科の教育』編集委員。ソニー科学教育研究会企画研修委員。NHK『ふしぎエンドレス』番組制作委員。

意欲を喚起する授業を得意とし、理科の知識を歌にする「歌う理科教師」として数々の作品を制作。代表曲に『ヤマビルロック』など。

著書『イラスト図解ですっきりわかる理科』（東洋館出版社）ほか。